Waffen für Afrika

Zwei Zielfahnder der Interpol ermitteln gegen einen Konzern, der Waffen nach Angola liefert.

Angola, das Land in Südwestafrika, das seit Jahrzehnten durch einen mörderischen Bürgerkrieg mit dreihunderttausend Toten in Verzweiflung und Hoffnungslosigkeit versinkt. Mit den Rebellen der UNITA ziehen die Polizisten durchs Land und erleiden unglaubliche Strapazen im Dschungel von Angola. Trotz der Lebensgefahr durch Millionen Landminen und der permanenten Gefahr, von den Kampfhubschraubern der Regierung entdeckt zu werden, gelingt es ihnen, die Beweise für den illegalen Waffenhandel des Konzerns zu erbringen.

Auch ins Nachbarland, den Kongo, die ehemalige belgische Kolonie, die seit der Unabhängigkeit in Anarchie fällt, liefert der Konzern Waffen. Hier gibt es keine Gesetze, das Land wird von rivalisierenden Kriegsherren beherrscht, die mit ihren schwer bewaffneten Horden die Dörfer überfällt und die Männer in ihre Dienste zwingt. Die Kinder werden getötet und die Frauen vergewaltigt.

Auch in diesem Höllenland gelingt es den beiden Polizisten, Beweise für die illegalen Waffenlieferungen des Konzerns zu erbringen.

Bibliografische Information der Deutschen Nationalbibliothek: Die
Deutsche Nationalbibliothek verzeichnet diese Publikation in der
Deutschen Nationalbibliografie; detaillierte bibliografische Daten sind
im Internet über dnb.d-nb.de abrufbar.

TWENTYSIX – Der Self-Publishing-Verlag
Eine Kooperation zwischen der Verlagsgruppe Random House und
BoD – Books on Demand

© 2016 Schindler, Leo

Herstellung und Verlag:
BoD – Books on Demand, Norderstedt

ISBN: 978-3-7407-0843-6

Waffen für Afrika

Kommissar Hendriks und die Profikiller

Kommissar Hendrik Peterson schloss das Haustor und öffnete sein Brieffach. Das dicke Bündel an Briefen steckte er in seine Brusttasche. Der Flur war nur sehr spärlich beleuchtet, sodass er die dunkle Gestalt zu spät bemerkte. Er sah noch das dicke Rohr eines Schalldämpfers auf sich gerichtet und hörte ein leises „plop."
Die Kugel traf ihn in die Brust, in Höhe des Herzens. Die Kraft des Projektils riss ihn zu Boden und aus dem Loch in seinem Mantel quoll langsam ein Strahl roten Blutes.
Der Schütze löste bedächtig den Schalldämpfer von der Pistole - eine Drehung links - und dann steckte er das dicke Rohr in seine Manteltasche. Die schwarze Pistole schob er vorsichtig in sein Schulterholster und dann beugte er sich zu der am Boden liegenden Gestalt.

„ Hallo, Kommissar, das war aber ein schlechter Tag für sie. Man könnte sagen es war ihr letzter Tag, oder richtiger, ihr Todestag."
Er drehte sich um und ging langsam durch das Haustor auf die Straße.

Als der Kommissar die Augen öffnete, war es dunkel, nur ein rotes Licht glomm über einer weißen Tür. Er drehte den Kopf zur Seite, im Nachbarbett lag eine spärlich bekleidete Frau und zeigte wimmernd auf einen Korb in dem zwei weiße, dünne Ärmchen eines Babys ziellos in die Luft griffen, als wollte es nach etwas greifen.
Jetzt dehnte sich das Zimmer langsam aus, wurde immer größer, bis es die Größe eines Flugzeughangars hatte. Mannsgroße Ameisen liefen geschäftig herum, aber niemand beachtete ihn. Alles war so irreal, dass sich sein Gehirn weigerte, das was er sah, als Realität anzuerkennen. Da kam eine der Ameisen zu seinem Bett und ergriff seine Hand. Der Kommissar schrie auf und zog seine Hand zurück. Die Ameise verwandelte sich in einen grauhaarigen Mann in einem weißen Arztkittel.
„ Na, ist schon gut, sie haben noch Halluzinationen. Das sind die Auswirkungen der starken Schmerzmittel, die wir ihnen gegeben haben."
Der Mann im Arztkittel stand vor seinem Bett und kontrollierte die zahllosen Apparate, an die der Kommissar angeschlossen war.

„ Sie hatten großes Glück. Das dicke Bündel Briefe in ihrer Brusttasche hat ihnen wahrscheinlich das Leben gerettet. Erinnern sie sich noch an das Attentat auf sie in ihrem Haus? Ihr Partner oder Mitarbeiter wartet schon lange vor ihrem Zimmer. Der möchte alles genau wissen."
Er wandte sich um und öffnete die Tür.
„ Sie können jetzt hereinkommen, aber bitte nicht zu lange bleiben, der Kommissar braucht noch Ruhe."
Ein hagerer Mann mittleren Alters schob sich durch die Tür. Olaf Manning, der Mitarbeiter des Kommissars.
„ Hallo Hendrik, wie geht es dir? Hast du den Killer erkannt? Kannst du dich überhaupt erinnern? Willst du ein Bier?"
„ Welche Frage soll ich dir zuerst beantworten?"
„ Wie geht es dir, wir waren in großer Sorge, es hat nicht gut ausgesehen."
„ Ich habe keine Schmerzen, dafür sehe ich große Ameisen rund um mein Bett, wenn ich die Augen schließe. Der Arzt sagt, es sind die Nachwirkungen der Medikamente. Hoffentlich hat er Recht, ich kann mich an diese Gestalten nicht gewöhnen. Den Killer habe ich nicht erkannt, dafür war es zu dunkel und es ging auch alles zu schnell und überraschend. Aber ich werde ihn finden. Aber etwas sehr wichtiges musst du noch veranlassen: Die Presse soll die Nachricht von meinem Tod verbreiten, ich möchte den Killer und seine Auftraggeber überraschen. Und jetzt verschwinde, ich habe ein Rendezvous mit meinen Ameisen, ich möchte schlafen."

Die Presse brachte einen rührenden Nachruf für den verdienstvollen Kommissar und am nächsten Tag brachten sie einen Artikel über einen Finanzskandal. Der Kommissar war bereits Geschichte.

In einem luxuriösen Büro im sechszehnten Stock eines Hochhauses übergab ein korpulenter Herr im feinen Nadelstreifanzug einem weniger gut gekleideten, unauffälligen Mann ein dickes Kuvert. Alles geschah, ohne ein Wort.

Der Kommissar hatte sich in den Monaten nach dem Mordanschlag einen dichten Vollbart wachsen lassen und niemand war in der Zwischenzeit auf die Idee gekommen, dass der neue Kommissar eigentlich der in dem Nachruf so rührend gewürdigte, verdienstvolle Kommissar Hendrik Peterson war. Nur seine engsten Mitarbeiter kannten seine wahre Identität.

Der ETA Konzern

Bei seinen früheren Ermittlungen war er auf den ETA-Konzern gestoßen, der im Verdacht steht, Kriegswaffen in großen Mengen an die Bürgerkriegsparteien von Angola und den Kongo zu liefern.
Selbstverständlich an beide Parteien.
Vielleicht war das der Grund für den Auftrag an den Killer gewesen?

Nach langen Bemühungen hatte Olaf Manning einen Termin bei ETA bekommen. Der Generaldirektor mit seinem Sicherheitschef und der Firmenanwalt würden für Fragen zur Verfügung stehen.
„ Ein für alle Mal wird man von Seiten der ETA die Gerüchte über illegale Waffenlieferungen in kriegsführende Regionen aus der Welt schaffen."
Der Firmenanwalt hatte alle seine Überzeugungskraft in sein Statement gelegt.

Kommissar Hendrik Peterson hatte sich in der Zwischenzeit seinen Bart abrasieren lassen, jetzt war die Zeit des Angriffs gekommen.
Der Generaldirektor, ein korpulenter Mann mittleren Alters im feinen Nadelstreif begrüßte Olaf Manning sehr hochmütig. Erst als der zweite Mann, Kommissar Hendriks

durch die Tür trat, erbleichte der Generaldirektor und sein Sicherheitschef stieß einen überraschten Schrei aus.

„ Sind sie von den Toten auferstanden? In den Zeitungen stand doch ein rührender Nachruf!"

„ Ja, man kann sich auch auf einen Spitzenkiller nicht mehr verlassen. Den werde ich finden und auch seinen Auftraggeber. Und jetzt erzählen sie uns etwas über die Waffenlieferungen von ETA."

Der Anwalt schaltete sich ein: „ Wir müssen uns ihre haltlosen Anschuldigungen nicht anhören. Wir werden uns über sie bei ihren Vorgesetzten beschweren und wenn wir mit ihnen fertig sind, werden sie wieder Streifendienst bei den Huren im elften Bezirk machen."

„Na, da werde ich sie ja öfter sehen, Herr Anwalt. Wie sie vielleicht noch wissen, haben wir einen dicken Ordner über die Anzeigen von diversen Huren, die sie bei ihren „ Spielen" verletzt haben. Übrigens auch gegen cen Herrn Generaldirektor haben wir einiges in dieser Art. Und über ihren sauberen Sicherheitschef haben wir eine lange Liste an Gewalttaten. Wenn das an die Öffentlichkeit gelangt, werden die Aktienkurse in den Keller fallen. Aber ich werde euch nachweisen, dass das nicht alles ist. Ihr seid am Tod tausender Menschen schuld, durch die Waffenlieferungen an die kriegführenden Parteien in Angola und wahrscheinlich auch in den Kongo."

Der Kommissar war wütend geworden.

„Kommen sie wieder, wenn sie für ihre Anschuldigungen auch Beweise haben. Und jetzt verschwinden sie!"
Der Anwalt stand auf und zeigte zur Tür.
„Darauf können sie wetten, dass ich wiederkomme, niemand kann mich aufhalten, auch wenn sie mir noch so viele Killer schicken. Jetzt bin ich gewarnt. Ich kriege sie alle und euch dazu."

Hendriks verließ mit seinem Partner das Hochhaus, aber sie waren sich dessen bewusst, dass der Gegner sehr gefährlich war und über riesige finanzielle Mittel verfügte. Aber es war ein Schuss vor den Bug und wenn sie Glück hatten würden die nervös werden und Fehler begehen.

Die erste Reaktion ließ nicht lange auf sich warten.
Das Spezialgeschoß riss ein kopfgroßes Loch in die Schreibtischplatte vor dem Kommissar. Er hatte sich gerade zur Seite gebeugt um Olaf Manning ein Foto zu zeigen. Jetzt stürmten sie die Treppe hinab und zum gegenüberliegenden Haus. Als sie das Haustor öffneten kam ihnen ein alter weißhaariger Mann mit einem Geigenkasten entgegen. Alle drei zogen sofort ihre Pistolen. Der Alte hatte gerade seine Pistole aus dem Holster gerissen, als ihn die Kugel des Kommissars in den Bauch traf. Als er am Boden lag, zog ihm Olaf Manning die Perücke und den Bart vom Kopf. Sie erkannten ihn sofort: Es war Luigi, ein gesuchter Killer aus Sizilien.

Einer der gefürchtetsten und erfolgreichsten Killer die man für viel Geld bekommen konnte. Jetzt wand er sich auf dem Boden und schimpfte auf Italienisch.

Die Ambulanz brachte ihn ins nahe Spital, wo man ihn sofort operierte. Er hatte Glück gehabt, mehr Glück als seine zahlreichen Opfer.

Kommissar Hendriks saß an seinem Bett, als Luigi wieder das Bewusstsein erlangte.

„ Wer hat dich angeheuert, wer ist dein Auftraggeber? Wenn du mit uns kooperierst, können wir dich schützen. Denn du weißt ganz genau, dein Auftraggeber wird nicht das Risiko eingehen, dass du ihn verrätst. Der nächste Killer steht schon bereit, aber diesmal bist du das Ziel. Also denke über meinen Vorschlag nach. Ich kann dich deinem Schicksal überlassen oder dich rund um die Uhr bewachen lassen."

Luigi schüttelte den Kopf.

„ Tot bin ich so und so. Sie haben keine Ahnung, wie mächtig diese Leute sind."

„ Wir sind auch mächtig, das Gesetz und der Staat stehen hinter uns."

Aber Luigi verzog nur geringschätzig den Mund.

Sie wechselten sich ab. Die erste Wache übernahm Olaf Manning, dann die nächste Kommissar Hendrik.

Es war eine ruhige Nacht. Die Schwester sah kurz nach dem Patienten, dann kam der Chirurg und kontrollierte die

Geräte an denen Luigi angeschlossen war. Dann ging ein Arzt vorbei und musterte Hendrik kurz, bevor er weiter ging. Er hatte Straßenschuhe an, nicht die weißen pantoffelartigen Sandalen, wie sie von den Ärzten getragen werden. Hendrik nahm seine Pistole aus dem Holster und legte sie unter die Zeitung, die er auf den Knien liegen hatte.

Der Arzt mit den Straßenschuhen kam zurück und blieb vor Hendrik stehen.

„ Na, wie geht es ihm? Wird er durchkommen?"

„ Ja, und er wird auch gegen seine Hintermänner aussagen."

Der Arzt grüßte und ging weiter.

Früh am Morgen, es dämmerte schon, kam der Arzt mit den Straßenschuhen wieder. Er ging ruhig auf Hendrik zu und als seine rechte Hand zur Achsel zuckte, schoss Hendrik. Schon beim ersten Mal hatte er die Wölbung des Holsters unter der Achsel des Mannes bemerkt und auch dass der „Arzt" kein Stethoskop trug, wie es normalerweise alle Ärzte tragen.

Die Kugel traf den Mann in die rechte Schulter und warf ihn etwas zurück, aber er wechselte die Pistole in die linke Hand und da traf ihn der zweite Schuss in die Brust. Hendrik war so überrascht über die Reaktion des Killers gewesen, dass er nicht so genau zielen konnte, wie er eigentlich vorgehabt hatte.

„ Sie versorgen uns am laufenden Band mit Arbeit, Kommissar." Der herbeigeeilte Notarzt beugte sich über den am Boden liegenden. „ Leider ist der Mann schon tot, Ihr Schuss hat ihn ins Herz getroffen und er hatte nicht so viel Glück wie sie. Er hatte kein dickes Bündel Briefe in der Brusttasche."

„ Aber dafür einen riesigen Revolver. Bei diesem Kaliber hätte mir auch ein Bündel Briefe nicht geholfen."

Hendriks hob vorsichtig den Revolver auf, indem er seinen Kugelschreiber in den Lauf steckte.

„ Sie haben gelernt! Mit diesem großen Kaliber kann man wahrscheinlich auch einen Elefanten töten. Es ist eine Spezialanfertigung aus russischer Produktion."

Sehr nachdenklich steckte Hendriks das Unikum in einen Plastiksack. Die Spurensicherung würde sicher bald auftauchen.

Luigi hatte die Schüsse richtig gedeutet und richtete sich auf, als der Kommissar an sein Bett trat.

„Das ist aber schnell gegangen, die Frage ist nur wen Igor töten sollte. Sie oder mich?"

„ Sie kennen den Mann? Sie haben ihn doch gar nicht gesehen?"

Hendrik tat erstaunt.

„ Man kennt sich eben in der Branche. Und er war auch auf sie angesetzt. Aber ich denke, er sollte bei der Gelegenheit auch gleich mich mit erledigen."

Luigi sah den Kommissar an.

„ Und die haben noch jede Menge Möglichkeiten dazu. Sie sind auch wie ich, so gut wie tot."

Hendrik überlegte kurz.

„ Wenn sie als Kronzeuge für uns gegen ihre Auftraggeber aussagen, können wir sie ins Zeugenschutzprogramm aufnehmen. Sie kriegen eine neue Identität und neue Papiere."

„ Die werden mich finden, da gibt es keinen Zweifel. Sie haben alle gefunden. Was glauben sie, wie viele von den Kronzeugen ich besucht habe? Bei sehr viel Geld ist jeder bestechlich. Auch im Gefängnis ist niemand sicher. Es gibt zu viele Beispiele dafür. Und diese Leute gehen kein Risiko ein. Es ist nur eine Frage der Zeit und mit welchen Mitteln sie mich töten werde. Glauben sie mir, ich bin schon so gut wie tot." Luigi legte sich zurück.

Am Nächsten Morgen betrat der Kommissar gerade sein Büro, als Olaf ihn die Nachricht brachte, dass Luigi noch in der Nacht plötzlich verstorben sei. Die Ärzte vermuten einen Herzinfarkt, sind sich aber nicht sicher.

Mit Zeugen wie diesen Leuten war der ETA also nichts zu beweisen, dafür lebten die Zeugen nicht lange genug.

Die Abteilung von Hendriks startete eine Reihe von Aktivitäten. Als erstes erreichten sie die Genehmigung die Zollabteilung des Flughafens um Mitternacht zu besuchen. Der Polizeifotograf machte eine Serie von Fotos von den

Kisten des ETA- Konzerns in der Frachtabteilung. Die Papiere wiesen die Fracht als Ersatzteile für Sambia aus. Die Kisten waren schon verzollt und plombiert. Es gab keine rechtliche Möglichkeit die Kisten zu öffnen um den Inhalt zu kontrollieren. Aber die Fracht- Nummern waren gut sichtbar und das könnte bei einer späteren Kontrolle in Afrika hilfreich sein.

Angola, das Land der Diamanten und der Sprengminen

Hendriks und Olaf nahmen das nächste Flugzeug nach Sambia, wo sie noch in der Nacht des gleichen Tages ankamen.

Oberst Mobuto, der Polizeichef von Lusaka, der Hauptstadt von Sambia, empfing sie an der Gangway und brachte sie zu einem Hangar, der etwas abseits stand. Der Hubschrauber trug in großen Buchstaben die Zeichen der UN und war bereits startbereit.

Die Mitarbeiter von Hendriks hatten gute Arbeit geleistet.

Wohl aber auch Interpol und das Außenministerium, das für die guten Beziehungen zur UN bekannt war.

Selbstverständlich kannte der Hubschrauberpilot das Landefeld der Rebellen, der Unita, die einen erbitterten Krieg gegen die Armee der Regierung führte. Jonas Savimbi, der charismatische Anführer der Unita hatte eine Landepiste in den dichten Dschungel schlagen lassen, auf der der Nachschub an Waffen für die Unita- Soldaten durch die Frachtflugzeuge der ETA erfolgte.

Das zu beweisen hatte sich Hendrik zum Ziel gesetzt.

Die Nacht war schon beinahe zu Ende. Im Osten hob sich ein roter Schein über die Gipfel der Urwaldbäume, als der Hubschrauber abhob. Sie schwebten dicht über dem grünen

Meer des Dschungels, bis sie zu einem breiten Fluss kamen. Der Sambesi, der Grenzfluss zwischen Sambia und Angola. Das Gebiet, das sie nun überflogen, die Provinz Moxique war in der Hand der Rebellen. Hin und wieder schossen sie auf Flugzeuge, aber bisher noch nie auf Flugzeuge der UN, aber in der Dunkelheit war die Beschriftung wahrscheinlich nicht zu erkennen.

Und so flogen sie mit gemischten Gefühlen weiter hinein in das Herz von Angola. In das geheimnisvolle Land, das kein Weißer betreten durfte und in dem ein blutiger Bürgerkrieg seit dreißig Jahren wütete. Ein wunderschönes Land, aber voll Landminen und vielen Sprengfallen auf den Straßen und Wegen, zum großen Teil noch aus den Kämpfen mit den Portugiesischen Kolonialtruppen.
Langsam stieg die helle Scheibe der Sonne über die grüne Mauer der Urwaldriesen empor.
Aus dem sich hebenden Nebelschwaden tauchten endlos weite grüne Wälder, unterbrochen von dunklen Wasserläufen und hellen Lichtungen auf. Der Pilot ging noch tiefer und dann schwebte er über dem kahlen Bergrücken eines Hügels.
„ Ich werde kurz landen, sie haben nur eine Minute Zeit, den Helikopter zu verlassen. Wenn ich länger bleibe, wäre das zu gefährlich. Die Unita Rebellen haben uns sicher schon gehört und werden nachschauen kommen wenn ich länger bleibe. Und wenn die glauben, dass wir Spione sind, die nur ihren

Standort ausspionieren wollen, kann es sehr ungemütlich werden. Alles Gute und viel Glück für ihre Mission."

Der Pilot schwebte jetzt einen Meter über dem Boden und Olaf und der Kommissar sprangen auf den grasbewachsenen Boden. Ihr „ Danke" hörte er nicht mehr. Der Helikopter stieg steil nach oben und verschwand schnell über den Wipfeln der Bäume.

Der Kommissar kontrollierte auf seinem GPS ihren Standort. Der Dschungel „Flugplatz" war noch zehn Kilometer entfernt und lag in der Ebene im Norden.
Der Abstieg von dem Hügel gestaltete sich sehr schwierig, der Rucksack mit den notwendigen Utensilien für die geplanten fünf Tage ihres Aufenthaltes drückte bei jedem Schritt. Sie waren nach kurzer Zeit schweißbedeckt und fast bereuten sie schon ihren Entschluss zu diesem Einsatz.
Der Abstieg nahm kein Ende, sie rutschten von Baum zu Baum und machten nach einer Stunde eine Pause
auf einer kleinen ebenen Lichtung und tranken einige Schluck Wasser aus der mitgebrachten Flasche.
Die geringe Menge des Wasservorrates den sie in den Rucksäcken hatte, würde nur für einen Tag reichen. Das war Ihnen klar. Bei diesen Temperaturen von über vierzig Grad mussten sie mehr trinken. Aber eine größere Menge Wasser konnten sie unmöglich tragen.

Selbstverständlich hatten sie vorgesorgt. Eine Filterpumpe und Silberpatronen würden auch Flusswasser trinkbar machen, so hofften sie.

Müde und durstig machten sie sich wieder auf den Weg. Der Hügel nahm kein Ende, sie kamen nur langsam voran. Die Sonne stand jetzt genau über Ihren Köpfen, der Urwald dampfte, die Feuchtigkeit des Regens der Nacht stieg in weißen Schwaden empor zu den Urwaldriesen. Auf den Blättern der Bäume und Sträuchern glitzerten die Wassertropfen in den spärlichen Sonnenstrahlen, die wie goldene Speere durch das dichte Laub drangen. In kurzen Abständen durchwateten sie kleine Bäche mit lehmig gelbem Wasser. Dann wurde die Vegetation so dicht, dass sie sich mit der Machete den Weg durch das Gewirr der üppig wuchernden Sträucher und Farne bahnen mussten.
Am späten Nachmittag kamen sie zum Rand einer gerodeten Fläche im dichten Grün des Urwaldes. Am anderen Ende der etwa fünfhundert Meter langen Landepiste stand ein Frachtflugzeug, eine dicke behäbige Herkules- Maschine, wie sie oft für Landungen auf provisorischen, unbefestigten Pisten verwendet wird. Vorsichtig schlichen sie am Rand der gerodeten Fläche näher an das Flugzeug heran. Die Kennzeichen waren gut sichtbar, es waren die bekannten Nummern und Buchstaben des Eta- Konzerns.

Jetzt waren sie nahe genug heran gekommen.

Etwa zwanzig Schwarzafrikaner in Uniformen der Unita Rebellenarmee entluden große Holzkisten aus der geöffneten Ladeluke. Mit ihren Macheten öffneten sie die Holzdeckel und schlichteten vorsichtig Gewehre, Granaten und Kisten mit Munition auf eine Zeltplane neben dem Flugzeug.

Hendrik filmte und sein Mitarbeiter Olaf fotografierte mit Teleobjektiven die Szene.

Das war der Beweis für die verbotene Waffenlieferung.

Für diese Aufnahmen hatten sie viel riskiert und die beiden waren in freudiger Stimmung.

Vorsichtig zogen sie sich zurück und machten sich auf den Rückweg zu dem Hügel auf dem sie der Hubschrauber am nächsten Tag wieder abholen würde.

Das kleine elektronische Navigationsgerät zeigte ihnen genau die Richtung. Sie wurden erst unsicher, als sie vor einem breiteren Fluss standen, den sie auf dem Hinweg sicher nicht überquert hatten.

„ Das verdammte Ding funktioniert nicht mehr!"

Hendrik war noch nicht besonders beunruhigt, die Richtung stimmte hoffentlich und der Hügel war sicher nicht zu verfehlen.

„ Ich bin nicht sicher, ob dieses verdammte Ding uns in die richtige Richtung geführt hat."

Olaf war sichtlich in Panik.

Hendrik war nun auch besorgt, aber das sollte Olaf nicht merken.

„ Wir haben noch den Kompass, nach dem werden wir uns richten, mach nicht gleich in die Hose.“

Dann kamen sie zu einem kaum sichtbaren Weg. Hendrik bemerkte als Erster die im Boden vergrabenen Sprengminen, die durch den Regen teilweise frei gewaschen waren.
Sehr vorsichtig gingen sie weiter, die Augen angespannt zu Boden gerichtet, so dass sie fast mit dem Mann zusammen gestoßen wären. Ein Schwarzafrikaner saß auf einem Baumstamm, der quer über dem Weg lag und sah sie erstaunt an. Sein Gesicht war von unzähligen Falten zerrissen, gezeichnet von der Mühsal der Jahre und eingerahmt von einem Kranz weißer Haare. Seine hellen Augen überstrahlten die hagere Erscheinung in den zerfetzten Resten einer Uniform.
„ Wer seid ihr und was macht ihr hier im Herzen von Angola?“
Sein Portugiesisch war verständlich und Hendrik, der vor seinem Einsatz natürlich auch intensiv die Sprache, die man in Angola spricht, gelernt hatte, verstand den Alten gut.
„ Wir sind Fotografen und wollen so viel als möglich von diesem schönen Land fotografieren. Dann wollen wir ein Fotobuch machen, das die wunderbaren Schönheiten von Angola allen Menschen zeigt.“
„ Aber wisst ihr nicht, dass im Lande Bürgerkrieg herrscht und alles vermint ist?“
„ Wir haben noch nichts davon gemerkt.“

„ Es ist ein Wunder, dass ihr noch lebt. Die Unita-Kämpfer würden euch zwar nicht töten, aber die Soldaten der Regierung schon."

Der Alte schüttelte den Kopf. Es war keineswegs sicher, ob er ihnen die Geschichte glauben würde, aber in der Sekunde der überraschenden Begegnung war Hendrik nichts Besseres eingefallen. Zugegeben, die Geschichte war auch nicht sehr glaubwürdig.

„ Ich bringe euch in mein Dorf."

Der Alte stand auf und bedeutete ihnen, ihm zu folgen. Nach einigen Metern deutete er auf eine halb vergrabene Mine und die beiden folgten ihm sehr vorsichtig.

Das Dorf bestand aus einem Dutzend Rundhütten und in der Mitte des freien Platzes lagen einige Baumstämme zu einem Oval geschlichtet.

Langsam kamen einige Männer aus den Hütten, in den Händen rostige Kalaschnikow Gewehre.

Der Alte redete ruhig auf die Männer ein, in der für Hendrik unbekannten Sprache der Menschen im Landesinneren, die kein Portugiesisch verstanden.

Langsam senkten die ihre Gewehre und zögernd machten einige einladende Handbewegungen in Richtung der größten Hütte.

Erleichtert folgten ihnen die beiden Männer aus einer anderen Welt.

In der Hütte war es dämmerig. In der Mitte brannte ein Feuer und über diesem hing ein großer Topf.

Jemand brachte verbeulte Blechteller, schüttelte den Staub heraus und reichte sie den beiden Weißen.

Mit einem großen Holzlöffel rührte einer der Männer in dem Topf und füllten mit lautem Klatschen die Teller. Es war dieser berühmte, berüchtigte Maisbrei, der wie gekochtes Zeitungspapier schmeckt.

Hendrik entnahm seinem Rucksack einen kleinen Beutel mit Salz und als er die hoffnungsvollen Augen der Gastgeber sah, reichte er den Beutel dem nächsten Sitznachbar, von wo er die Runde machte. Natürlich, Salz war in diesen abgeschiedenen Gebieten nicht zu bekommen und daher sehr begehrt. Offenbar hatte er dadurch die Sympathie der Männer gewonnen.

In gelöster Stimmung ging das Abendessen zu Ende und dann führten die Männer die beiden Gäste in eine der Hütten.

„ Mein Gott, hier sollen wir schlafen? Sieh nur die Spinnen an der Decke!"

Olaf schüttelte sich.

„ Wenn du schläfst, lassen sie sich herab und spinnen dich ein, als Proviant für schlechtere Zeiten, aber von deiner dürren Gestalt werden sie nicht lange satt werden."

Hendrik sah übertrieben besorgt nach oben, dann wickelte er sich grinsend in das Moskitonetz das er vorsichtig aus seinem Rucksack nahm.

Am nächsten Morgen brachte ihnen eine junge Frau auf einem grünen, großen Blatt, einige herrlich duftende Kochbananen.
Sie waren froh, dass man diesmal auf die Verwendung der rostigen Blechteller verzichtet hatte und genossen die Früchte. Dazu tranken sie die letzten Reste des Wassers aus ihren Flaschen. Es sollte das letzte saubere Wasser für lange Zeit sein.

Als Hendrik die Karte aus dem Rucksack hervor holte und den Standpunkt des Hügels bestimmte, auf dem der Hubschrauber sie abgesetzt hatte, musste er feststellen, dass sie im Herzen von Angola waren. Das hatte sie bisher nicht besonders beunruhigt, da sie sicher waren, dass der Hubschrauber sie am nächsten Tag holen und in einigen Stunden zurück nach Sambia bringen würde. Wie es nun aussah, war dies nicht mehr sicher. Durch das fehlerhafte Navigationsgerät hatten sie den Hügel bisher nicht gefunden.
Und nur mit dem Kompass allein, war es fast aussichtslos, denn dazu müssten sie ihren derzeitigen Standort kennen.

Aber, wenn sie noch eine Chance hatten, dass der Pilot sie finden würde, dann mussten sie unbedingt den Hügel finden, auf dem sie abgesetzt wurden.

Hendrik versuchte, dem Alten zu erklären, dass sie im Umkreis von zehn Kilometer einen Hügel mit einer flachen Oberseite suchen.

Der Alte besprach sich mit den Männern des Dorfes und dann bedeutete er Hendrik, er solle den beiden Jungen folgen, die würden sie zu dem Hügel führen.

Ein beschwerlicher Marsch durch die dichte Mauer des Urwaldes sollte ihnen bevorstehen. Einige Mal sah es aus, als wäre ein weiteres Vordringen unmöglich.

Wie ein undurchdringlicher Wall aus ineinander verschlungenen Ästen und Lianen schien der Urwald eine Barriere gegen Eindringlinge errichtet zu haben.

Am Ende ihrer Kräfte und in Schweiß gebadet erreichten sie am späten Nachmittag ihr Ziel.

Die Fläche an der Oberseite schien ihnen aber kleiner. Auch die Landepiste schien weiter entfernt zu sein. Aber wahrscheinlich täuschte sie ihre Erinnerung.

Das Knattern eines Hubschraubers ließ sie alle Zweifel vergessen.

Der zog weite Kreise um einen Hügel zwischen ihnen und der Landebahn. Da dämmerte es den beiden langsam:

Sie waren auf dem falschen Hügel!

Die Enttäuschung war unbeschreiblich.

Die beiden Jungen, die sie geführt hatten, waren beim Auftauchen des Hubschraubers voll Panik im Wald verschwunden.

Da ertönte Gewehrfeuer und der Hubschrauber zog steil in die Höhe und verschwand hinter den Wipfeln der Urwaldriesen.

Die Erkenntnis traf sie wie ein Keulenschlag:

Sie waren im Herzen von Angola und der Hubschrauber würde wohl nicht mehr kommen. Der Pilot würde sich hüten, noch einmal sein Leben zu riskieren.

Als einziger Lichtblick war nur, dass sie nun ihre Position kannten. Der Hügel auf dem sie abgesetzt worden waren, war in ihrer Karte eingezeichnet und somit war es möglich, mit Hilfe ihres Kompasses die Richtung festzulegen, die nach Sambia führte.

An die Strapazen, die Ihnen bevorstanden, bevor sie den Sambesi, den Grenzfluss zu Sambia erreichen würden, wollten sie nicht denken.

Aber wenn sie überleben wollten, gab es keine Alternative.

Sie kamen überein, täglich nur so kleine Etappen zu gehen, die sie ohne Überanstrengung bewältigen konnten.

Die beiden Jungen, die sie hergebracht hatten, waren verschwunden, wahrscheinlich schon auf dem Weg zurück in ihr Dorf. Aber die konnten ihnen sowieso nicht helfen. Sie mussten es allein schaffen, den Weg zurück nach Sambia zu finden. Und mit Hilfe des Kompasses war dies möglich. Zumindest hatten sie eine Chance.

Als Zielfahnder des Internationalen Gerichtshofes in Den Haag hatten sie schon so manche missliche Lage gemeistert, aber dies war wohl das Schlimmste, das ihnen je passiert war. Aber sie waren sicher, auch das würden sie schaffen.

Wenn sie allerdings gewusst hätten, welche Strapazen und Gefahren sie noch vor sich hatten, wären sie nicht so sicher gewesen.

Mühsam rutschten sie den Hügel hinab und dann bestimmte der Kompass die Richtung.

Zuerst kamen sie nur langsam weiter, aber dann kamen sie zu einer Lichtung in dem dichten Wald, der sie mit tausend Armen umklammerte und festhalten wollte.

Gerade als sie erleichtert auf die freie Fläche gehen wollten, sahen sie die Gruppe Männer mit Uniformen der Unita in der Mitte des Platzes.

„ Der Alte hat zwar gesagt, die Unita-Rebellen würden uns nicht töten, aber wir wollen das nicht auf die Probe stellen. Vielleicht wissen die nichts von dieser freundlichen Meinung des Alten.“

Hendrik zog Olaf zurück in den schützenden Busch.

Vorsichtig umgingen sie den baumfreien Platz und kamen zu einer sumpfigen, mit Wasser bedeckten Fläche. Die

Schilfinseln boten guten Sichtschutz, das Schilf war gut mannshoch.

„ Jetzt ist mir klar, warum die Unita- Krieger das Risiko eingehen und lieber über den freien Platz ziehen, der sehr gefährlich werden kann, wenn die Kampfhubschrauber der Regierung auftauchen."

„ Aber willst du wirklich diese Wasserfläche überqueren? Hier wimmelt es sicher von Krokodilen und Schlangen!"

Olaf schüttelte sich voll Abscheu.

„ Komm weiter, es ist nur knietief und wenn es tiefer wird, kannst du doch schwimmen, oder hast du das verlernt?"

„ Du hast so eine beruhigende Art, mir stellen sich die Haare auf, bei dem Gedanken, dass ich zwischen Krokodilen und Anakondas herum schwimmen soll."

Anakondas gibt es nur in Brasilien, hier sind die Würgeschlangen zu Hause."

„ Wie ich schon sagte, du hast wirklich die Gabe, deinem armen Mitmenschen jede Angst zu nehmen. OK, aber du gehst voran und vertraue nicht darauf, dass ich dich einem Krokodilrachen entreißen werde."

„ Olaf, du bist wirklich ein Freund."

Aber trotz dieser lockeren Sprüche wussten sie, dass sie sich in jeder Situation auf den Anderen verlassen konnten.

Bei jedem Schritt glitten die unter dem Wasser liegenden Pflanzenteile an ihren Beinen entlang. Natürlich zerrte das an den Nerven, denn sie konnten nicht unterscheiden, ob es Pflanzen oder Tiere in dem trüben Wasser waren.

Nach langen Stunden waren sie etwa in der Mitte der Wasserfläche. Das Vorwärtskommen wurde immer mühsamer. Bei jedem Schritt versanken sie tiefer im Schlamm. Und die Sonne stand als glühende Scheibe genau über ihrem Kopf. Bei jeder Rast versanken sie tiefer im Morast, so dass sie Mühe hatten, die Beine aus der Umklammerung zu ziehen.

Dann kamen die Schlangen.
Urplötzlich waren sie aufgetaucht. Gut ein Dutzend grüner, etwa einen Meter lange Schlangen.
Offenbar waren sie nur neugierig, was aber den Adrenalinspiegel der Männer nicht senkte. Erst als sie so plötzlich verschwanden, wie sie aufgetaucht waren, beruhigte sich der pfeifende Atem der Beiden und der Herzschlag sank auf ein normales Maß.
„ Und was machen wir, wenn demnächst ein Dutzend Krokodile auftaucht?"
Olaf bemühte sich seine Stimme wieder unter Kontrolle zu bekommen.
„ Das können wir uns überlegen, wenn es soweit ist. Aber wenn sie auch nur so klein sind wie die Schlangen, werden wir schon mit ihnen fertig."
„ Und wenn sie in Begleitung ihrer Mutter kommen?"

„ Dann schiebe ich dich nach vorne, damit sie dich als erster frisst. An deinen Knochen wird sie sich die Zähne ausbeißen und mich nicht weiter behelligen."

In der Zwischenzeit waren sie in seichteres Wasser gekommen. Nur mehr bis zu den Knien ging ihnen die graue Brühe. Und gegen Abend kamen sie endlich ans Ufer.

Hendrik holte aus seinem Rucksack die Zeltplane aus dünnem Spezialgewebe und das Moskitonetz. Dann ging er zurück zum Wasser und füllte eine Schüssel mit der grau-braunen Brühe.
„ Das Wasser werden wir durch das Sieb gießen und dann kochen wir uns eine Suppe. Wir müssen etwas essen und die Suppe stillt auch unseren Durst."
Olaf betrachtete mit Entsetzen die Brühe, ging dann aber in den Busch, um Holz für das Feuer zu holen.
Nach dem Essen wickelten sie sich in das Moskitonetz und in die Zeltplane.
Der feuchte, mit fauligen Blättern bedeckte Boden war nicht gerade ein bequemes Bett, aber nach den Anstrengungen des Tages schliefen sie tief und fest bis sie am nächsten Morgen die durchdringenden Schreie der Brüllaffen weckte.
Hendrik ging wieder zum Wasser um die Schüssel zu füllen.
Der Geschmack der Suppe war nicht so schlecht gewesen.

Gerade als er sich zum Wasser bückte, sah er in einer Entfernung von zwei Metern wie die Augen eines Krokodils auf der spiegelglatten Wasseroberfläche lautlos auftauchten. Das Krokodil schnellte sich nach vorne, aber Hendrik war schneller. Er erreichte seinen Rucksack mit der Machete. Er überlegte kurz, aber dann bückte er sich nach einem dicken Ast.

Als die gut zwei Meter lange Echse auf ihn zu kroch schlug er mit aller Kraft zu.

Das Tier machte einen Salto nach rückwärts und verschwand eiligst im Wasser.

„ Oh, Gott, wenn dieses Monstrum uns im Wasser begegnet wäre!"

Olaf hatte sich aus der Zeltplane geschält und sah bewundernd zu Hendrik.

„ Wir gehen jetzt beide zum Wasser und wenn das Biest wieder auftaucht, dann schlägst du zu, so fest du kannst."

Hendrik hob die Schüssel wieder auf und ging voran zum Wasser.

Von dem Krokodil war nichts mehr zu sehen, offenbar war ihm der Appetit vergangen.

Dann gingen sie beide in den Wald um Holz zu holen.

Sie hatten beschlossen, in Zukunft immer nur zu zweit zu gehen, allein war es in diesem Land offenbar zu gefährlich.

Auch bei der Suche nach Brennholz war Vorsicht geboten. Die Schlangen im Unterholz waren sehr zahlreich und wahrscheinlich waren fast alle giftig.

Nachdem sie die Suppe gegessen hatten, waren sie immer noch hungrig, aber die zahlreichen Früchte des Waldes zu essen wagten sie nicht.
So marschierten sie los, aber zur Mittagszeit konnten sie nicht mehr. Arme und Beine schmerzten so, dass sie ein Lager unter einem riesigen Affenbrotbaum aufschlugen. Der anstrengende Marsch durch den Sumpf und die ungewohnte Arbeit mit der Machete, mit der sie sich den Weg durch die grüne Wand des undurchdringlichen Urwaldes schlagen mussten, hatten ihnen einen kräftigen Muskelkater beschert.
Sie brauchten einen Ruhetag.

Sie suchten einen freien Platz im dichten Unterholz und schlugen ihr Lager auf. Ruhig und ein wenig schläfrig lagen sie auf den dünnen Spezialplanen und überdachten ihre Situation und wie hoch ihre Chancen wohl sind, den Rückweg in die Zivilisation zu finden.

Die roten Feuerameisen kamen lautlos und überfluteten den Lagerplatz innerhalb von Minuten. Die beiden waren sofort hellwach. Rasch rafften sie ihre Sachen zusammen und eilten so schnell es möglich war, in den Busch.

„ Die Biester heißen nicht umsonst Feuerameisen. Ihre Bisse brennen wie Feuer."

Olaf schüttelte fluchend seine Sachen aus, aber trotzdem blieben wohl einige zurück, die sich mit kräftigen Bissen verabschiedeten, bevor sie sich auf den Boden fallen ließen.

Trotz ihrer Müdigkeit und ihres ausgeprägten Muskelkaters schleppten sie sich weiter. Hendrik schlug mit seiner Machete einen schmalen Pfad in das undurchdringliche Grün, während Olaf sich in der Schilderung über wild angreifende Löwen und Leoparden, die von den Bäumen springen und mit einem Biss den Nacken eines Mannes durchtrennen, erging.

Gegen Abend kamen sie an das Ufer eines schmalen Flusses. Hier beschlossen sie ihr Lager für die Nacht aufzuschlagen. Die dünnen, aber zerreißfesten Gewebe ihrer kleinen Zelte würden sie gegen allerlei Getier, wie Giftschlangen und Spinnen schützen. Auch den Krallen von Raubtieren würden sie eine Zeit lang widerstehen. Das hatte zumindest der Mann behauptet, der ihnen im Polizeihauptquartier die Ausrüstung übergeben hatte.

In der Hoffnung, dass der Mann nicht übertrieben hatte, schliefen sie ein.

Die Unita-Rebellen

Sie erwachten von einem metallischen Geräusch, das wie das entsichern eines Gewehres klang.

Als sie halbwegs munter waren, sahen sie sich umstellt von einem Dutzend Soldaten in der Uniform der Unita-Rebellenarmee.

Der Anführer sagte nur ein Wort: „Mitkommen". Hendrik versuchte ein Gespräch in Gang zu bringen, aber die Männer schwiegen und der Anführer hob drohend seine Kalaschnikow.

Eilig packten sie ihre Zeltplanen und den Kochtopf in ihre Rucksäcke und folgten den eilig ausschreitenden Männern.

Gegen Mittag kamen sie ins Militärcamp der Unita.

Dieses war so gut getarnt, dass sie überrascht, fast über die ersten niederen Rundhütten stolperten. Man brachte sie zu einem bunkerähnlichen Bau in der Mitte der Rundhütten. Der Anführer ihres Trupps ging hinein und erstatte dem Lagerkommandanten offenbar Bericht.

Ein älterer Mann in einer grünen Uniform bei der in eingenähten Taschen an der Brust sechs Handgranaten steckten, kam heraus und musterte die Beiden neugierig.

Dann wollte er wissen wer sie sind und was sie hier im Herzen von Angola wollten.

Hendrik erzählte die gleiche Geschichte, die er bereits dem Alten im letzten Dorf erzählt hatte. Und dann erinnerte er sich an einen Besuch bei Fritz Sitte in Villach. Der hatte ihm wertvolle Tipps gegeben.

„ Wir sind Freunde von Fritz Sitte, dem Journalisten aus Österreich, der vor einiger Zeit hier in Angola war und dabei auch euren Anführer Jonas Savimbi getroffen hat. Fritz Sitte hat darüber auch einige Bücher geschrieben. Wir wollen das wiederholen und viele Fotos machen."

Das war wohl die Rettung in ihrer ungewissen Lage gewesen. Der Lagerkommandant kam auf Hendrik zu und umarmte den geschockten Kommissar, der die Konturen der eingenähten Handgranaten deutlich auf seiner Brust spürte.

„ Ihr seid uns natürlich sehr willkommen. Dr. Savimbi war über die Bücher ihres Freundes sehr glücklich. Fritz Sitte hat sehr gut über uns und unseren Kampf für ein besseres Angola geschrieben. Das hat sehr geholfen das Bild über uns in der Welt zu ändern. Vorher hat man in unserer Bewegung nur die negativen Aspekte gesehen und hat uns die Legitimation abgesprochen für unsere Ideen zu kämpfen. Dabei hat man übersehen, dass wir bei der letzten Wahl die Mehrheit der Stimmen von den Menschen in Angola bekommen haben. Nur durch die Wahlmanipulation der Regierung konnte diese im Amt bleiben."

Hendrik war überrascht. Nie hätte er gedacht, unter den international geächteten „Rebellen" Leute wie diesen älteren Mann zu treffen. Einen offenbar gut informierten und gebildeten Mann.

Das passte nicht zu der bekannten Tatsache, dass bei den Kämpfen im Urwald unglaubliche Grausamkeiten passieren. Auf beiden Seiten.

Aber wer kann sich darüber ein Urteil anmaßen? Hat es nicht auch bei den letzten Kämpfen in Europa, im ehemaligen Jugoslawien Grausamkeiten gegeben? Im Europa des einundzwanzigsten Jahrhundert? Im angeblich so kultivierten Mitteleuropa.

Die Stimmung, die am Anfang eher reserviert war, hatte sich in eine freundliche, ja freundschaftlich -achtungsvolle gewandelt.

Man bewirtete sie mit dem allgegenwärtigen „Schimmi", dem Maismehlbrei und mit Kochbananen. Dazu brachten die Frauen Kalabassen, ausgehölte Kürbisse mit einer undefinierbaren Flüssigkeit. Die Hütte, die man ihnen zugewiesen hatte, war sauber und hatte zwei Betten und einen Tisch. Sozusagen das Gästehaus.

Und dann saßen sie in der Falle.

Der Lagerkommandant kam und berichtete ihnen freudestrahlend, dass Jonas Savimbi sie empfangen wolle.

Der Marsch zu Jonas Savimbi,

dem Herren über ein Heer von dreihunderttausend Rebellen.

Der Kommandant stellte einen Trupp aus den besten Kriegern zusammen. Es waren ein Dutzend verwegen aussehende Männer mit umfangreicher Bewaffnung und sie drängten auf einen raschen Aufbruch.
Die Aussicht, ihren hochverehrten Anführer zu sehen, beflügelte sie offenbar.

Der Abschied war kurz. Der Kommandant drückte Hendrik wieder seine Handgranaten in die Brust und dann ging es über kaum sichtbare Pfade Richtung Nordwesten. Das war das Einzige, das Hendrik feststellen konnte. Langsam gewöhnten sich die beiden gut trainierten Europäer an die Strapazen des Marsches durch eine scheinbar undurchdringliche Wildnis.

Am Nachmittag mussten sie eine freie Fläche überqueren, es gab keine andere Möglichkeit. Das waren die gefährlichsten Momente, denn die Kampfhubschrauber der Regierung waren gepanzert und mit normalen Gewehren nicht zu bekämpfen. Und sie hatten nicht nur schwere Maschinengewehre, sondern auch Raketen und Splitterbomben an Bord.

Und diese tödlichen Mittel setzten sie gegen die Unita-Kämpfer ein, die gegen die Hubschrauber machtlos waren. Umso überlegener waren die im Kampf Mann gegen Mann im undurchdringlichen Dschungel. Dabei half ihnen natürlich sehr die Unterstützung der Landbevölkerung, der Menschen in den Dörfern, die sie auch mit Lebensmitteln versorgten.

Hendrik und Olaf begannen für die Leute der Unita immer mehr Sympathie zu empfinden. Beim Marsch durch den Urwald bemühten sich die Männer in rührender Weise um die beiden. Bei jeder schwierigen Passage halfen sie nach Kräften. So auch bei der Überquerung eines schmalen aber tief eingegrabenen Flusses, an dessen Ufern zahlreiche Krokodile scheinbar träge in der Sonne lagen. Aber am Abend des zweiten Tages waren die Europäer mit ihren Kräften doch am Ende. Sie mussten einen Tag Pause einlegen. Eine kleine Lichtung im dicht verwachsenen Urwald schien ideal.

Olaf und Hendrik holten Wasser aus dem nahen Fluss und filterten dieses durch die Spezialfilter. Vor den staunenden Soldaten bereiteten sie dann ihre obligate Suppe. Die bevorzugten lieber das nach gekochtem Papier schmeckende Schimmi, den Maisbreipapp.
Nach dem Essen ging Olaf zum Fluss um die Teller zu waschen. Hendrik begleitete ihn in weiser Vorsicht und das war für Olaf lebensrettend.

Als der sich zum Wasser vorbeugte, gab ein Teil der Uferböschung nach und er rutschte ins hüfthohe Wasser. Zum Glück war die Strömung nicht besonders stark, aber als er versuchte sich wieder auf die Uferböschung hochzuziehen, gab auch diese nach. Sosehr Olaf auch versuchte sich auf das Ufer zu ziehen, es war unmöglich, immer weitere Teile der sandigen Böschung rutschten nach.

Hendrik hatte den Ernst der Lage sofort erkannt, aber auch, dass er allein nicht helfen konnte. Auf seine Rufe hin eilten die Unita Kämpfer sofort herbei und bildeten eine Kette bis zum nächsten Baum. Der vorderste Mann umklammerte Hendriks Beine, der auf dem Bauch liegend, die Hände von Olaf ergriff und ihn langsam hochziehen konnte.

„Was fällt dir ein, jetzt ein Bad zu nehmen? Die riesigen Krokodile auf der Sandbank ein Stück weiter stromabwärts haben schon sehr interessiert hergesehen. Und einen Suppenteller hast du auch versenkt? Das werden sie dir von deinem Gehalt abziehen, da kannst du sicher sein."

Lachend fielen sie sich in die Arme und die Unita-Leute waren auch sichtlich erleichtert, denn ohne die beiden zu Savimbi zu kommen, wäre eine große Schande gewesen. Daher beschlossen sie in Zukunft die beiden nicht mehr aus den Augen zu lassen.

Die Nachtging ruhig zu Ende, ohne besondere Ereignisse, und als sie am nächsten Morgen erwachten, waren sie fasziniert von der Schönheit des Dschungels im Licht des erwachenden Tages, diese mystische Stunde zwischen Nacht und Tag.

Die Wassertropfen des nächtlichen Regens glühten auf den Blättern der Bäume in den ersten Strahlen der goldenen Scheibe, die sich langsam über die Wipfel der Urwaldriesen schob. Über dem Fluss stiegen graue Nebel aus dampfender Feuchtigkeit in die Höhe, um sich in den Strahlen der sich rasch steigernden Hitze aufzulösen. Die Bewohner des Urwaldes erwachten mit den Lauten der unbändigen, ungezügelten Kraft des Lebens. Im Grün des umgebenden Waldes zischten, grunzten, pfiffen und schrien die unsichtbaren Tiere. Die Brüllaffen erhoben ihre lauten, weithin hörbaren Stimmen. Eine Sinfonie der Urkraft des Lebens erklang und zog sie in ihren Bann.

„In Afrika musst du überleben, dann bist du im Paradies. Hier ist die Wiege der Menschheit.

 Kein Land der Welt übt diese magische Anziehungskraft auf die Menschen aus, wie Afrika."

Hendrik nickte zustimmend und dann gingen sie zum Fluss um Wasser zu holen.

Zwei Unita-Krieger sprangen sofort auf und folgten den beiden.

Sie gingen ein Stück dem Flussufer entlang, bis sie eine Stelle fanden, wo die Uferböschung so flach war, dass sie ohne Gefahr des Abrutschens bis zum Wasser gehen konnten.

Nach dem Frühstück begann das Martyrium des Marsches durch das Dickicht von neuem.

Gegen Mittag machten sie am Rande einer Lichtung eine kurze Rast. Niemand wollte essen, zu müde waren alle.

Gegen Abend kamen sie zu einer verfallenen Brücke über den Fluss. Die Holzteile waren so vermorscht, dass man einige Stämme erneuern müsste, wenn sie hier den Fluss überqueren wollten. Hendrik und Olaf äußerten ihre Bedenken, ob dann wohl die restlichen vermorschten Stämme halten würden, aber die Unita- Leute erklärten, dass die Überquerung des Flusses im Wasser wegen der Krokodile zu gefährlich sei.

Also machten sich einige an die Arbeit und fällten mit ihren Macheten zwei passende Bäume und legten sie als Verstärkung über die morsche Brücke.

Sehr vorsichtig tasteten sie sich über die glitschigen Stämme bis ans andere Flussufer.

Die Sprengminen
der unsichtbare Tod.

Sie waren ein kurzes Stück gegangen, da blieb der
Unita Krieger, der so etwas wie der Anführer ihres Trupps
war, abrupt stehen.
„ Geht ruhig weiter, ich stehe auf einer Landmine. Wenn ich
mein Gewicht verringere, indem ich versuche weg zu
springen, explodiert das Teufelsding und reißt mir die Füße
ab."
Hendrik übernahm sofort das Kommando.
„Zwei Freiwillige müssen ihn stützen. Er darf sich auf keinen
Fall bewegen. In dem Augenblick, wo der Auslösestift, der
durch sein Gewicht hineingedrückt wurde, wieder heraus
schnellt, explodiert die Mine.
Und genau das muss verhindert werden."
Er entnahm seinem Rucksack den Block mit der Landkarte
und schnitt die dünne Metallplatte, die als Unterlage diente
aus dem Umschlag.
„ Ich schiebe jetzt diese Metallplatte zwischen deinen Fuß
und den Auslöseknopf. Du musst ganz ruhig stehen bleiben.
Wenn du den Fuß hebst, werden wir alle von der Mine
zerrissen."
Vorsichtig schob er die Blechplatte unter den Fuß des
Mannes. Dessen Gesicht hatte eine fahlgraue Farbe

angenommen und über seine Brust rann der Schweiß in breiten Strömen.

Dann presste Hendrik die Platte mit beiden Händen gegen den Boden.

„Jetzt kannst du langsam den Fuß heben."

Die Spannung war unerträglich als der Anführer der Soldaten langsam den Fuß hob und einen Schritt zur Seite machte.

„Und jetzt holt einen schweren Stein, etwa so groß wie ein Kopf."

Die Soldaten liefen zum Fluss und kamen zurück mit einem mehr als kopfgroßen Stein.

„Der Stein ist zu groß, wie soll ich meine Hände zurückziehen, wenn der Stein auch über diesen liegt?"

Abermals liefen die Männer zum Fluss und diesmal hatte der Stein die richtige Größe.

Vorsichtig legten sie den Stein in die Mitte der Metallplatte zwischen die Hände des Kommissars.

Langsam hob der seine Hände von der Metallplatte. Es war so still, dass der Atem der umstehenden Männer überlaut zu hören war.

„So, jetzt nichts wie weg, der Stein kann jederzeit vom Auslöseknopf der Mine rutschen." Hendrik nahm seinen Rucksack wieder auf und als sie kaum hundert Meter entfernt waren, gab es eine laute Explosion und eine meterhohe Stichflamme schoss gegen den Himmel.

„Wir müssen ab sofort noch mehr aufpassen. Wahrscheinlich liegen noch hunderte, wenn nicht tausende Minen im Boden." Der gerettete Anführer wischte sich den Schweiß aus dem Gesicht.

„Das würde ich sehr empfehlen, denn jetzt habe ich keine Metallplatte mehr." Hendrik nahm einen Schluck aus der Flasche.

Der Anführer sah Hendrik an, sehr dankbar und etwas schuldbewusst, als er ihm die Hand schüttelte.

Langsam wich die Anspannung und als die Männer ihre Hände auf Hendriks Schulter legten, brannte sich nach der ungeheuren Anspannung der vergangenen Minuten ein Lächeln in Hendriks leeres, schweißüberströmtes, Gesicht.

Diamanten

Gegen Mittag kamen sie zu einer Flussbiegung. In der Mitte schwamm ein Floß, das von dicken Seilen zu den Bäumen am Ufer verankert war.
Die Männer auf dem Floß begrüßten die Unita Rebellen überschwänglich. Es waren etwa ein Dutzend hochgewachsene sehnige Gestalten, die nur mit einem weißen Schurz bekleidet waren.
Diamanten Schürfer.

Sie holten die Diamanten aus dem Geröll am Boden der Flüsse. Damit bezahlten die Rebellen die Waffen für ihren Kampf gegen die Armee der Regierung. Für diese Edelsteine hatte die Welt das Wort „Blutdiamanten" geprägt.
Natürlich haben die Diamanten keine Schuld an dem Blutvergießen, und somit ist diese Bezeichnung falsch, nur von der sensationslüsternen Presse erfunden. Es sind die Menschen, die Kriege führen. Und jede Seite ist überzeugt davon, im Recht zu sein. Skrupellose Konzerne, aber auch einzelne Staaten liefern die für den Krieg erforderlichen Waffen an beide Seiten. Die Unita bezahlt mit Diamanten, die Regierung ebenso.

Diese Verbrechen nachzuweisen, war nun erstmals den beiden Polizisten gelungen. Sie mussten nur wieder heil aus Angola herauskommen.

Die Männer auf dem Floß demonstrierten den interessierten Weißen, wie sie die Diamanten schürfen.

Mit einem Seil um den Körper geschlungen und einem Korb in der Hand sprang ein Mann in den Fluss und tauchte zum Grund. Dann schaufelte er mit den Händen den Sand in den Korb.

Durch die Strömung etwas abgetrieben tauchte der Mann wieder aus den schlammigen, gelben Fluten auf. Unter lauten Rufen zogen die Männer den Taucher zurück aufs Floß.

Der Inhalt des Korbes wurde anschließend in einer Schüssel gewaschen und dabei die leichteren Sand- und Geröllteile von den schwereren Diamanten getrennt. Die setzen sich am Boden der Schüssel ab.

Sie erzählten, dass sie im Durchschnitt fünf bis sechs Diamanten täglich fördern. Kleinere, aber auch manchmal haselnussgroße Diamantkristalle.

Ein Drittel der Steine dürfen sie behalten, zwei Drittel werden an die Unita geschickt.

Aber manchmal ziehen die Männer auf dem Floß nur das leere Seil zurück.

Es gibt viele Krokodile in den Flüssen von Angola.

Die Männer vom Floß luden die Besucher zum Mittagessen ein. Einige Fische, die sie gerade frisch gefangen hatten, legten sie auf die heißen Steine der Feuerstelle, darüber kam eine Schicht großer Blätter.

Hendrik steuerte zur großen Freude der Männer eine Handvoll Salz bei und die langsam gegarten Fische schmeckten allen hervorragend.

„ Eigentlich fehlt nur eisgekühltes Bier, dann könnte man vergessen, dass wir hier in der gefährlichsten Ecke des schwarzen Kontinents sind."

Olaf hatte sich ungeachtet der Ameisen und sonstiger beißender und stechender Insekten auf den Boden gelegt und war gerade am Einschlafen, als knapp an seinem Ohr das Geräusch einer niedersausenden Machete die Luft zerriss.

Schimpfend drehte sich Olaf um und sah in den weit aufgerissenen Rachen einer Gabunviper. Eine armdicke Schlange mit drei Zentimeter langen spitzen Giftzähnen, deren Gift absolut tödlich ist.

Gott sei Dank war der Handtellergroße Kopf schon vom sich windenden Körper getrennt. Der Anführer hob seine Machete vom Boden auf und grinste Olaf an, der förmlich aus dem Liegen heraus einen Satz in die Arme des Anführers gemacht hatte.

„ Ich werde froh sein, wenn ich wieder hinter meinem Schreibtisch sitze. Hier ist es zu ungemütlich. Nicht einmal ein Nickerchen in Ruhe kann man machen. Schon kommt eine Schlange oder Ameisen, oder sonst was und verdirbt dir den Tag."

Olaf bedankte sich bei seinem Retter, der etwas murmelte wie „ Nicht eine Sekunde kann man sie allein lassen".

Am nächsten Tag verabschiedeten sie sich von den Männern auf dem Floß und nach einem anstrengenden Marsch kamen sie am Abend in ein langgestrecktes Tal. Der Boden war von Feuchtigkeit getränkt. Von den Bäumen hingen grüne schleimige Bärte, die über ihre Köpfe und Rücken streiften. Es war widerlich. Hier konnten sie unmöglich ihr Nachtlager aufschlagen. In dieser unheimlichen Umgebung.
Auch die Soldaten schienen sich unbehaglich zu fühlen, in dieser Umgebung, wo selbst der Boden mit grünem Schleim bedeckt war.
Aber es wurde rasch finster und in der Dunkelheit konnten sie unmöglich weiter gehen. Das war selbst den Unita-Männern zu gefährlich.
„ Es sind nur grüne Algen, die in diesem feucht-heißen Umfeld so üppig wachsen."
Hendrik versuchte mit einfachen Erklärungen den Abscheu der Männer zu mildern. Aber sie hatten keine Wahl, sie mussten hier ihr Nachtlager aufschlagen.
„ Ich werde nur im Stehen schlafen können. In diesen Schleim lege ich mich nicht."
Olaf war fest entschlossen.
„ Aber wir haben ein wasserdichtes Zelt mit einen ebenso wasserdichten Boden. Wir sind in einer entschieden besseren Lage, als die Unita- Leute. Die haben nur Planen."

Hendrik sah den schimpfenden Gefährten vorwurfsvoll an.

„ Bist du ein Spitzenmann der Polizei mit einer langen und sündteuren Ausbildung, oder fürchtest du dich vor ein wenig Schleim?"

Der Rüffel seines Vorgesetzten zeigte Wirkung. Olaf schüttelte sich voll Eckel als er in sein Zelt kroch, das sich schmatzend in die Schleimschicht des Bodens senkte.

Es war eine sehr ungemütliche Nacht.

Bereits mit den ersten Sonnenstrahlen marschierten sie weiter. Natürlich ohne Frühstück.

Der Kampfhubschrauber auf der Blumenwiese

Die Blumenwiese erreichten sie zur Mittagszeit. Eine große freie Fläche auf der tausende der schönsten tulpenähnliche Blumen wuchsen.
Die Unita – Soldaten verschwendeten keinen Blick für die Schönheit der Natur- sie gruben sofort die Zwiebel der Blumen aus der Erde und aßen sie mit großem Vergnügen.
Endlich war Zeit das Frühstück nachzuholen.
Eine kleine Antilope, die über die Wiese lief sorgte für den Proviant der nächsten Tage. In kleine Stücke zerlegt und über dem Feuer geräuchert würde das Fleisch für eine Woche reichen.

Die Unita-Leute waren aber sehr beunruhigt und drängten auf einen raschen Aufbruch. Der Rauch ihres Feuers war weithin sichtbar, für die Soldaten der Regierung ein Zeichen für die Anwesenheit von Menschen.

Sie waren gerade fertig zum Abmarsch, da hörte man auch schon das Knattern eines näher kommenden Helikopters. Sie hatten gerade noch Zeit in den Umliegenden Büschen Deckung zu suchen, da schwebte er auch schon über der Lichtung. Ein Kampfhubschrauber.

Deutlich sah man den Schützen in der offenen Tür hinter seinem Maschinengewehr sitzen. Der Mann neben ihm hatte ein Fernglas mit dem er die umliegenden Büsche absuchte. Offenbar hatte er etwas gesehen, denn er zeigte dem Schützen eine Buschgruppe und der gab einen Feuerstoß aus seinem Maschinengewehr in diese Richtung.

Der Unita-Soldat in dem Busch war sofort tot.

Der Anführer der Unita Rebellenzielte sorgfältig und der Maschinengewehrschütze sackte zusammen. Der Mann daneben legte sein Fernglas zur Seite und zerrte den leblosen Körper vom Sitz des Maschinengewehrs.

Seine wilden Salven zerfetzten Bäume und Sträucher, aber zum Glück wurde kein weiterer Unita-Soldat getroffen. Auf einen Zuruf von Hendrik konzentrierten sie das Gewehrfeuer auf den Heckrotor und als ein Rotorblatt getroffen wurde, begann der Hubschrauber zu taumeln und dann drehte er sich im Kreis. Immer schneller, bis er mit lautem Krach auf dem Boden aufschlug. Die Flammen aus dem Rumpf wurden von hellen Explosionen der Maschinengewehrmunition begleitet und dann explodierte der Hubschrauber mit einem riesigen Feuerball.

Die Unita Soldaten kamen aus ihren Verstecken und umringten Hendrik. Der Anführer war beeindruckt.

„ Wir haben nie gedacht, dass es möglich ist einen schwer gepanzerten Kampfhubschrauber nur mit Gewehren abzuschießen. Aber Dank deiner Anweisung ist dies erstmals gelungen. Normalerweise wären wir von dem

Kampfhubschrauber alle getötet worden. Die Panzerung des Rumpfes ist so stark und die Feuerkraft des Maschinengewehrs so hoch, dass wir ohne Chance waren. Der einzig schwache Punkt ist offenbar nur der Heckrotor. Der Hauptrotor ist so dick, dass ihm Gewehrkugeln nichts anhaben können."

„Ist gut aber jetzt lasst uns schnell verschwinden. Die Regierungssoldaten werden bald mehr Hubschrauber schicken und die werden uns so durchlöchern, dass nicht genug überbleibt für ein anständiges Grab."
Hendrik war sich aber sicher, dass niemand es für notwendig erachten würde sie zu begraben. Sie hatten ja auch nicht die Absicht, die Hubschrauberbesatzung, oder was davon noch übrig war, zu bestatten. Auch den getöteten Unita-Soldaten mussten sie liegen lassen. Länger zu bleiben war unmöglich. Der Krieg im Dschungel hatte seine eigenen Gesetze.

So schnell sie konnten schlugen sie sich mit den Macheten einen Pfad durch den Dschungel, der ihnen ein Weiterkommen fast unmöglich machte. Die armdicken Lianen und die Sträucher mit langen spitzen Dornen waren schon schwierige Hindernisse, aber es kam noch schlimmer: Auf den Sträuchern hatten tausende Spinnen ihre Netze gewebt. Ekelhaft, diese klebrigen Netze in Gesicht und Nacken.

„ Es ist der Wald der Spinnen. Ihr Biss ist schmerzhaft, aber nicht gefährlich, so ähnlich wie der Stich einer Biene."
Der Anführer grinste beruhigend und Olaf schimpfte los.

Sie waren noch keine Stunde unterwegs, da hörten sie eine Reihe von Explosionen und dann sahen sie den Feuerschein aus der Richtung aus der sie gekommen waren. Der Wald brannte mit gelben hoch lodernden Flammen.
Der Anführer blickte zurück.
„Sie werfen Napalmbomben. Man kann das Feuer nicht löschen, man verbrennt unaufhaltsam und hat nicht die geringste Chance die Flammen zu löschen. Es ist ein sehr schmerzhafter Tod."
Der Anführer sah Hendrik an.
„Ist dieses Napalm nicht verboten?"
„Es ist laut Genfer Konvention international verboten. Ja, es ist verboten, aber es halten sich auch große Nationen nicht daran."

Am Abend hatten sie endlich den Wald der Spinnen durchquert und schlugen ihr Lager am Ufer eines breiten Flusses auf. Die grauen Wassermassen glitten mit kaum sichtbarer Strömung an ihrem Lagerplatz vorbei.
Nachdem sie ihr Lager für die Nacht aufgeschlagen hatten, gingen die Unita-Soldaten zum Fluss um zu fischen. Alle brauchten Nahrung für die nächsten Tage.

Das Fleisch der Antilope hatten sie in der Eile des Aufbruchs zurücklassen müssen.

Hendrik und Olaf bereiteten ihre obligate Suppe, aber als die Soldaten mit Fischen zurückkamen, ließen sie sich nicht lange bitten und genossen die herrlich duftenden Fische, die auf den heißen Steinen des Lagerfeuers gegrillt wurden. Ein kleines Feuer ohne Rauch, damit die Regierungssoldaten sie nicht wieder orten konnten.

Ein kleines Säckchen Salz wurde von den Rebellen dankbar angenommen. Und wie immer amüsierten sich die Männer darüber, wie mühsam und umständlich Hendrik das Flusswasser durch den Filter presste.

Die Unita-Soldaten tranken das Wasser des Flusses natürlich ohne weitere Behandlung.

Am nächsten Morgen standen sie vor dem Problem, wie sie den Fluss überqueren sollten. Und überqueren mussten sie den Fluss. Trotz der Krokodile. Aber noch gefährlicher waren die Flusspferde. Der Anführer erzählte, dass es mehr Tote durch Flusspferde gab als durch Krokodile und Raubkatzen zusammen. Nur durch die tödlichen Bisse der zahllosen giftigen Schlangen kamen fast so viele Menschen ums Leben.

„ Es gibt eine Furt. Knapp vor den Stromschnellen und das Wasser ist nur knietief." Der Anführer zeigte flussaufwärts.

Wie immer war es mühsam einen Pfad durch das Dickicht der üppigen Vegetation zu schlagen. Diesmal besonders mühsam. Die verschlungenen Lianen und die dichten Büsche des Unterholzes gaben nur wiederwillig unter den Hieben der Macheten nach.

Der Boden war bedeckt mit einer dicken Schicht von fauligen Blättern und morschen Ästen. Sie rutschten auf den nassen Boden und mehr als einmal landeten sie rücklings auf dem klebrigen Boden und sandten ein Stoßgebet an alle Heiligen, dass sie nicht auf eine Schlange fallen würden.

„ Es gibt viele Schlangen hier und fast alle sind giftig."

Der Anführer half ihnen grinsend wieder auf die Beine und wunderte sich über die Europäer, die in undankbarer Weise sich jede weitere Beschreibung der giftigen Schlangen verbaten.

Endlich kamen sie zu den Stromschnellen und oberhalb dieser war die Furt gut zu sehen. Das Wasser war hier höchstens knietief.

„ Ihr müsst aufpassen, die Strömung ist sehr stark. Auf keinen Fall darf man in die Stromschnellen abgetrieben werden. Das würde den Tod bedeuten."

Der Anführer musterte Hendrik und besonders Olaf.

Aber der kam, flankiert von zwei Soldaten, gut am anderen Ufer an.

Hendrik lehnte die hilfreichen Hände ab und ging vorsichtig, von Stein zu Stein durch das schäumende Wasser.

Fast am anderen Ufer angekommen glitt er auf einem glatten Stein aus. Die Strömung riss ihn sofort mit und er verschwand in der Gischt der ersten Stromschnelle.

Die Wucht der Strömung zog ihn in die Tiefe, schleuderte ihn in die Höhe. Er konnte seine zuckende Lunge mit einem schnellen Atemzug mit Luft füllen. Dann zog die Strömung ihn wieder unter Wasser und er schlug mit der linken Schulter gegen einen Felsen. Der Schmerz brannte wie tausend Feuer.

Die schäumende Flut zog ihn über den nächsten glatt geschliffenen Felsen und dann schrammte er mit dem Rücken über eine langgezogene Steinplatte.

Zum Glück dämpfte der Rucksack die gröbsten Stöße.

Wieder stieß er gegen einen Stein, spürte aber keine Schmerzen. Sein größtes Problem war der Luftmangel. Immer nur für kurze Zeit konnte er den Kopf aus dem Wasser heben, um die Lunge mit Luft zu füllen. Sofort drückte ihn die Strömung wieder unter Wasser. Er legte beide Arme um den Kopf, um diesen gegen die Stöße zu schützen. Er wusste genau, dass ein starker Schlag, wohl zur Bewusstlosigkeit und damit zum Tode führen würde.

Dann stürzte er endlos lange hinab und schlug hart auf der Wasseroberfläche auf. Er sank zum Grunde und sah hoch oben die Sonne als helle Scheibe durch das grüne Wasser. Mit letzter Kraft versuchte er nach oben zu schwimmen, aber die helle Scheibe kam nicht näher. So sehr er sich auch anstrengte, das herabstürzende Wasser stemmte sich ihm entgegen.

Er spürte, dass er langsam das Bewusstsein verlor, rote Schleier wogten vor seinen Augen, er gierte förmlich nach Luft.

Und dann hatte er plötzlich die Wasseroberfläche durchstoßen und saugte keuchend die Luft in seine Lungen.

Langsam beruhigte sich sein Atem, er schwamm langsam zum Flussufer und zog sich hoch auf den schmalen Uferstreifen.

Mit tiefen Atemzügen genoss er still die umgebende Natur. Er war seinem Schicksal dankbar, dass er noch am Leben sein durfte.

So knapp dem Tode entronnen, empfand er die Schönheit der umgebenden Natur in besonderer Intensität. Ein großer blauer Schmetterling wiegte sich auf einem dünnen Ast über dem Wasser. Herrliche bunte Libellen surrten an ihm vorbei.

Alles, auch das Krokodil, das sich langsam und lautlos näher schob.

Er stieg weiter das Ufer empor und sah sich um.

Ein Wasserfall ergoss sich aus etwa zehn Meter Höhe in ein großes Becken. Die Ufer waren eingesäumt von mannshohen Farnbäumen, die ihre Wedel weit übers Wasser hinaus streckten. Es war ein unglaublich idyllischer Anblick, von berauschender, exotischer Schönheit.

Mit lautem Geschrei brachen Olaf und die Unita-Krieger durchs Unterholz und als sie Hendrik sahen, umarmten sie ihn erleichtert.

Fürs Erste hatten sie eine Pause verdient, machten ein Lager und gingen fischen. Olaf ging in Begleitung eines Unita-Kriegers Holz für ein Feuer sammeln und Hendrik presste Flusswasser durch sein Sieb, dann legte er sich nieder und erholte sich langsam von dem Ritt über die Stromschnellen. Hinter ihm stand der Anführer der Unita-Krieger und kontrollierte besonders sorgfältig die Umgebung. Keine Schlange oder sonst ein gefährliches Tier würde ihm entgehen. Dr. Savimbi, sein oberster Anführer würde ihm nie verzeihen, wenn seine Krieger die beiden Gäste nicht wohlbehalten zu ihm bringen würden.

Natürlich waren Hendrik und Olaf neugierig den berühmten Mann kennen zu lernen. Aber wenn sie an die zurückliegenden Strapazen und Gefahren des Marsches durch den Urwald dachten, hätten sie gerne darauf verzichtet. Aber sie hatten keine andere Wahl gehabt. Mit der Einladung dieses Kriegsherren hatten sie nie gerechnet und so sahen sie mit gemischten Gefühlen dem Treffen entgegen. Aber noch mehr graute ihnen vor dem Rückmarsch zurück nach Sambia in die Zivilisation. Vorerst mussten sie aber erst heil ins Hauptquartier kommen.

Aber dafür würden die Unita-Soldaten schon sorgen, das hatten sie sich geschworen. Ganz besonders der Anführer.

Der fühlte sich in Hendriks Schuld, denn der hatte ihm ja das Leben gerettet. Mit Grauen dachte er zurück an den Moment, in dem er bemerkte, dass er auf einer Landmine stand. Aber auch an den Kampfhubschrauber, den sie mit Hendriks Hilfe besiegen konnten.

Sie hatten viel zu berichten wenn sie im Lager ankommen würden.

Aber noch waren sie nicht in Sicherheit.

Die Krieger kamen zurück, sie hatten ein Dutzend großer Fische gefangen.

Mit großer Sorgfalt hatten sie ein kleines Feuer in einer Steinmulde entfacht. Es dufte kein, oder nur sehr wenig Rauch entstehen. Sie konnten nicht wieder riskieren, dass die Soldaten der Regierung mit ihren tödlichen Hubschraubern kommen und ob sie wieder lebend davonkommen würden, war nicht so sicher.

Der Anführer erzählte von einem Zwischenfall, bei dem ein großer Unita Verband von vier Hubschraubern eingekreist wurde. Die Hubschrauber warfen rund um die Gruppe Napalm Kanister ab und die fünfzig Unita-Krieger verbrannten hilflos. Das Feuer hatte sie eingeschlossen, es gab kein Entrinnen.

Das Abendessen war in der Zwischenzeit fertig geworden. Die Fische schmeckten herrlich. Nur das Wasser aus dem nahen Fluss schmeckte nach Moder.

Aber sie mussten bei der Hitze trinken.

Am nächsten Morgen, noch vor Sonnenaufgang ging es weiter. Sie kamen auf eine Hochebene, nur wenig höher gelegen als der Dschungel. Die Vegetation bestand aus niederem Busch, kaum höher als einen Meter, aber unterbrochen durch größere kahle Flächen. Es gab keine ausreichende Deckung gegen die Hubschrauber der Regierung. Dementsprechend nervös waren die Unita-Krieger.

Gegen Mittag wurde es so heiß, dass die Männer kaum Luft bekamen. Die Sonne stand als glühende Scheibe senkrecht über Ihren Köpfen, nicht der geringste Lufthauch war zu spüren. Mühsam schleppten sich die Männer weiter. Wegen der permanenten Gefahr, von den Kampfhubschraubern der Regierung entdeckt zu werden, mussten sie versuchen dieses Gebiet so schnell als möglich zu durchqueren. Der Durst wurde unerträglich, sie hatten aufgehört zu schwitzen und fühlten sich wie ausgedörrt.

 Olaf hatte vor seinen Augen wogende rote Schleier und Hendriks Zunge war so dick aufgequollen, dass er nur mühsam atmen konnte. Die Sonne sandte glühende Strahlenbündel, die schmerzhaft brennend auf die Haut prallten. Die Männer hatten das Gefühl, in einem glühend heißen Ofen schutzlos den Flammen ausgeliefert zu sein. Olaf war der Erste, der das Bewusstsein verlor. Er ging langsam zu Boden und lag da, mit keuchendem Röcheln auf der staubigen roten Erde.

Hendrik nahm seinen Rucksack von der Schulter und breitete seine Zeltplane über Olaf. Der Schatten half ein wenig und Olaf erholte sich langsam.

Sie mussten dieses glühende Plateau so rasch als möglich verlassen und Wasser trinken.

Mit Wiederwillen hatten sie am letzten Abend das übel schmeckende Wasser getrunken.

Leider deshalb auch zu wenig. Das machte sich nun bemerkbar. Ihre Körper begannen zu dehydrieren. Das war ein lebensbedrohender Zustand.

Gerade noch rechtzeitig kamen sie zu einem ausgetrockneten Flussbett. Die Unita-Leute gruben an einer Stelle ein tiefes Loch in den sandigen Boden und nach kurzer Zeit füllte sich dieses mit einer trüben Brühe.

Das erste Glas presste Hendrik durch den Filter und gab es Olaf, der davon in kleinen Schlucken trank.

„ Verziehe ja nicht dein Gesicht, du undankbarer Kerl! Das nächste Mal gebe ich dir das Wasser ungefiltert."

Hendrik grinste erleichtert, als er sah, dass Olafs Lebensgeister langsam wieder erwachten. Und der schimpfte lauthals über das sandige, warme Wasser und urgierte die fehlenden Eiswürfel.

Das wenige Wasser hatte allen geholfen und langsam setzten sie ihren mühsamen Marsch fort.

Gegen Abend erreichten sie endlich das Ende der Hochebene und richteten ihr Nachtlager unter einem riesigen Baum ein. Es war schwül, aber gegen die Hitze der Hochebene empfanden sie die Temperatur als angenehm. Die Unita-Krieger schwärmten aus und brachten Feuerholz. Zuletzt fanden sie auch noch einen kleinen Fluss mit halbwegs sauberem Wasser.

Der Anführer verstieg sich sogar zu der euphorischen Beurteilung: „ Es ist erstklassiges Trinkwasser!"

Diesmal tranken alle ausreichend, denn sie wussten nicht, was ihnen noch bevorstehen würde.

Am nächsten Morgen aßen sie die restlichen Fische und tranken nochmals auf Vorrat.

Es sollte für die nächsten zwei Tage die letzte Mahlzeit sein.

Sie kamen durch ein verbranntes Gebiet, die Bäume waren tot, es gab keine Tiere, keine Vögel, keine Affen, kein noch so kleines Stück Grün. Nur schwarze verbrannte Erde.

Der Anführer erzählte, das sei ein Schlachtfeld gewesen und die Regierungssoldaten hätten mit Napalm das ganze Gebiet verbrannt. Zum Glück konnte der Großteil der Unita-Rebellen knapp vorher fliehen. Die Regierungssoldaten hätten danach eine Siedlung in der Nähe überfallen, die Häuser gesprengt und alle Bewohner, Männer, Frauen und Kinder getötet. Anschließend haben sie in den Ruinen ein Fest gefeiert.

Der Befehlshaber der Unita, General Antonina, hatte in der Nacht seine Leute rund um die zerstörte Siedlung postiert und mit Hilfe der Nachtsicht- Zielgeräte wurden die feiernden Regierungssoldaten in der Dunkelheit einer nach dem anderen erschossen.

„ Wie gesagt, der Krieg in Angola ist grausam, wie jeder Krieg auf der Welt." Der Anführer zeigte auf die toten Bäume und die verbrannte Erde.

„Hier würden die Unita-Krieger liegen, verbrannt bis zur Unkenntlichkeit, wenn sie nicht Glück gehabt hätten."

Betroffen und erschüttert gingen die beiden Europäer durch den düsteren, schwarzen Wald der toten Bäume und dachten an die vielen Opfer dieses Bürgerkrieges.

Mehr als dreißig Jahre dauerte nun schon dieses grausame Abschlachten und es war kein Ende abzusehen.

Fast hätten sie es übersehen. Mitten auf der kleinen Lichtung lagen die Wrackteile eines abgestürzten Flugzeuges. Dick überwuchert von grünen Blättern und dichtem Busch, sah man nur kleine Stellen des silbernen Rumpfes. Unter dem zerborstenen Glas des Cockpits saßen aufrecht zwei Skelette mit offenen, im Schrei erstarrten Kiefern.

Ein Unita-Krieger zog aus der Ladeluke einen Kanister hervor. „ Es ist Napalm."

Andere untersuchten die Trümmer nach Waffen. Vielleicht war noch etwas Brauchbares darunter? Aber die

Feuchtigkeit der Tropenregen hatte alle Stahlteile mit einer dicken Rostschicht überzogen.

Schweigend gingen sie weiter. Die Sonne brannte vom Himmel. Es wurde immer heißer. Beide Europäer waren am Ende ihrer Widerstandskraft und immer stärker wurde die Gewissheit, dass sie die Hitze nicht mehr länger ertragen würden. Es gab keine Abkühlung in den Nachtstunden und sobald die Sonne über den Urwaldbäumen emporstieg, wurde es immer heißer, bis zu der unerträglichen Hitze unter der sie nun gerade litten.

Müde und apathisch schleppten sie sich weiter.

In die Gesichter der Europäer hatte die Sonne tiefe Furchen in die verbrannte Haut gebrannt. Auf Brust und Rücken juckte die vom Schweiß getränkte Haut und rote Flecken schmerzten und bedeckten bereits den ganzen Körper.

Dann kamen sie zu einem Fluss.

Die Männer stürzten sich in die Fluten und tranken gierig das braune Wasser. Auch die beiden Europäer.

Für die Schwarzafrikaner sollte es keine Folgen haben, anders für die beiden Weißen, die natürlich keine Abwehrkräfte gegen die zahlreichen Krankheitserreger hatten. Aber in diesem Moment war ihnen das egal.

Das kühlende Wasser war zu verlockend.

Als sie zurück zum Ufer wateten, wurden sie umringt von einer Schar wilder Gestalten, die sie fröhlich begrüßten.

Es war der Trupp, den Dr. Savimbi ihnen entgegen geschickt hatte, um alle sicher in sein Hauptquartier zu bringen. Das erreichten sie auch bald und Dr. Savimbi begrüßte sie herzlich und lud sie ein in seine Hütte.

Es folgte ein langes Gespräch über die Ziele der Unita und ihre Grundsätze, die eine breite Mischung von dominierenden rein humanitären, sozialistischen bis zu kommunistischen Gedankengut reichen.

Wahrlich eine eigenartige Mischung, aber mit vielen Vorzügen für die Menschen in den bis dahin autoritär regierten Stämmen, wo der Einzelne keine Rechte hatte und der Willkür der Häuptlinge ausgeliefert war.
Natürlich war Dr. Savimbi auch so etwas wie ein großer Häuptling, aber die Mitbestimmung des Einzelnen und die beginnende Demokratisierung waren ein großer Fortschritt in Schwarzafrika, wo noch immer viele Länder von korrupten, despotischen „Präsidenten" ausgebeutet werden, die die Bodenschätze und Reichtümer der Länder für ihre persönliche Bereicherung nutzen, während die Bevölkerung hungert.
In Angola der von der Unita beherrschten Gebiete, wurden die Reichtümer an Diamanten aufgeteilt. Eine Hälfte für den Einkauf von Waffen und der Rest für die Bevölkerung aufgewendet. Die Zahlreichen Maisfelder wurden im Kollektiv bewirtschaftet und versorgten die Kämpfer und die

Bevölkerung. Der Rückhalt der Rebellen in der ländlichen Bevölkerung war unbeschreiblich.

Dr. Savimbi und die beiden Weißen diskutierten bis lange nach Mitternacht. Die Unterhaltung geschah in Englisch, welches Dr. Savimbi perfekt beherrschte.
Er bestand darauf, dass sie die Nacht in seiner Hütte verbringen und so fielen sie sofort in einen tiefen Schlaf. Sie spürten weder das harte Lager, das ihnen zugewiesen wurde, noch die zahlreichen Moskitos, die sie umschwirrten. Aber am nächsten Morgen fühlten sie sich krank. Sie litten unter Krämpfen und hatten alle Anzeichen einer schweren Darmerkrankung. Dazu kam Brechreiz und hohes Fieber. Es war offenbar die Folge des unüberlegten Wassertrinkens am Fluss.

Als Erster verlor Olaf das Bewusstsein, etwas später auch Hendrik.

Als Hendrik die Augen öffnete, sah er nur die Farbe Weiß. Weiße Wände, weiße Bettlaken und einen weiß gekleideten älteren Herrn.
„ Keine Angst Kommissar, sie sind noch nicht im Himmel, sehen sie mich nicht so entsetzt an! Ich bin Dr. Wallner, der Arzt des Krankenhauses der UNO in Lusaka."
„Doktor, wie bin ich hierhergekommen, gerade war ich noch im Herzen von Angola?"

„Ein Anruf per Satellitentelefon. Ein Mann mit tiefer Stimme und in perfektem Englisch hat verlangt, dass wir sofort einen Helikopter nach Angola schicken. Zwei Europäer liegen in seiner Hütte und sind offenbar sehr schwer krank. Und wenn wir uns nicht beeilen, können wir nur mehr die Leichen abholen. Das würde er sehr bedauern. Die beiden sind Polizisten aus Brüssel."

„Wir haben natürlich sofort an sie gedacht und der Hubschrauberpilot hat sie an der Stelle, die man uns an Hand der Koordinaten genannt hat, gefunden. Auf der Lichtung hat sie ein Dutzend wild aussehender Rebellen bewacht und eine Salve aus ihren Kalaschnikow zum Abschied in die Luft geschossen. Unser Pilot hat sich fast in die Hose gemacht. Aber jetzt seid ihr Beiden ja wieder bei uns und ich denke in zwei Wochen könnt ihr wieder zurück nach Europa fliegen."

Sie flogen mit der nächsten Maschine zurück, trotz der eindringlichen Mahnung des Arztes.

Zurück in Europa

Sie galten als verschollen, nachdem sie sich so lange Zeit nicht gemeldet hatten. Umso erleichtert waren die Mitarbeiter des Teams und machten sich sofort an die Sichtung und Ausarbeitung der Unterlagen.

Der Untersuchungsrichter, dem sie die Fotos und Filme vorlegten, verlangte die Vorlage der Originale. Als nach längerer Zeit noch immer keine Anklage erhoben wurde, urgierten die ermittelnden Polizisten. Nach einigen Urgenzen teilte ihnen der Richter mit, dass leider die Unterlagen nicht auffindbar seien. Die Kopien könne er aber als Beweismittel nicht anerkennen.

Als Antwort auf eine Beschwerde bei der Behörde teilte Ihnen der zuständige Richter Senat mit, dass leider die Unterlagen im Moment nicht auffindbar seien, aber es werde der Sache nachgegangen und wenn die Unterlagen auftauchen, werde man die Ermittlungsabteilung der Zielfahnder verständigen.

Kommissar Hendrik und die Mitglieder seiner Abteilung erkannten nun erst die Macht und den Einflussbereich des ETA Konzerns. Sie mussten sich eingestehen, dass sie diese Macht unterschätzt hatten.

Aber an ein Aufgeben dachte niemand, am wenigsten Kommissar Hendrik.

Er buchte mit Olaf den nächsten Flieger nach Brazzaville, der Hauptstadt der Republik Kongo.
Sie wussten nicht sehr viel über die „Demokratische Republik Kongo". Joseph Conrad hatte sie in seinem Roman „Das Herz der Finsternis" genannt. Früher „Belgisch Kongo" war bis 1958 ein blühendes Land mit einem funktionierenden Eisenbahn Netz und einem regen Schiffsverkehr. Kaum ein Land in Zentralafrika war reicher an Diamanten, Gold und Kupfer. Auch viele Touristen kamen, um die weitgehend unberührte Natur und das rege, lebhafte Treiben und die liebenswürdigen Menschen am großen Kongo-Strom kennen zu lernen.

Der Verfall nach der Selbstständigkeit hat das Land in absoluten Chaos, Gesetzlosigkeit, unglaubliche Brutalität und grenzenlose Korruption gebracht.
Unter den Soldaten, Polizisten und Beamten wird die Korruption und Bestechlichkeit in allen Lebenslagen als absolut normal und rechtens empfunden.
Heute ist das Land so gefährlich wie kaum ein Anderes.
Abseits der Städte herrschen die Söldner der zahllosen Clans und Warlords. Die größte Gruppe sind die Maji-Maji-Rebellen, sowie im Osten die Iterahamwe, ehemalige Hutu-Flüchtlinge aus dem Nachbarland Ruanda. Schlächter, die für den Völkermord im Jahr 1998 an den Tutsi mit EINTAUSEND Toten pro Tagverantwortlich waren.

Mit gemischten Gefühlen bestiegen sie das Flugzeug und hofften, dass es nicht so schlimm werden wird. Aber es kam noch schlimmer.

In der Demokratischen Republik Kongo

Der Flugplatz in Kinshasa hatte schon bessere Tage erlebt. Überall blätterte die Farbe von den Wänden, der Boden sah aus als hätte man ihn seit der belgischen Koloniezeit nicht mehr gesäubert. Überall lagen Abfälle und Zigarettenstummeln. Ein übler Gestank vermischte sich mit dem feuchten Geruch des grauen Schimmels an den Wänden. Über allem lag eine glühend heiße Luft, die, alles umhüllend, schwer und betäubend auf den Passagieren lastete.

Hendrik und Olaf standen in der Ankunftshalle und warteten auf die Zoll- und Passabfertigung.

Die Tür öffnete sich und eine Schar von Männern, die sich alle als Beamte des Staates ausgaben und lauthals Bezahlung für alles Mögliche verlangten. Für ein Visum, (selbstverständlich hatten alle ein Visum, aber alle benötigten ein neues Visum) für eine Gebühr um den Flughafen betreten zu dürfen, für eine Gebühr um den Flughafen wieder verlassen zu dürfen, für die Arbeit, die der Zoll mit den Passagieren habe und schließlich für das Stempeln der Pässe.

Als zollpflichtig erklärte man einfachhalber alles. Von dem Passagier vor ihnen verlangten die „Zöllner" einen hohen Betrag für seine Brille. Als er sich weigerte zu zahlen, wurden sie brutal und rissen ihm die Brille vom Gesicht. So blieb dem

Mann nichts anderes über, als zu bezahlen. Denn die Brille war für den kurzsichtigen Mann absolut notwendig.

Es spielten sich unglaubliche Szenen ab.

Einige Passagiere mussten um ihr Gepäck feilschen, das ihnen nur gegen ein Höchstgebot ausgehändigt wurde. Über allen gellten die lauten Forderungen nach Geld und Bezahlung aus irgendwelchen skurrilen Gründen.

„Ihr Weißen habt genug Geld, ihr müsst uns euer Geld geben!"

Das hörte man von allen Seiten.

Langsam wurde es immer gefährlicher.

Hendrik und Olaf kämpften im wahrsten Sinn des Wortes um ihre Foto- und Filmkamera, für die ein stark riechender schmächtiger „Zöllner" einen Betrag verlangte, für den man einen fabrikneuen Mercedes kaufen könnte. Nach langem feilschen und nachdem Hendrik den Mann angeschrien hatte und mit einer Beschwerde bei seinem Freund, dem Präsidenten gedroht hatte, wurde der „Zöllner" unsicher und begnügte sich mit hundert Dollar.

Die Situation war so unwirklich und angsteinflößend im Angesicht der außer Kontrolle geratenen Meute, die sie umringte.

Ein dicker, schwitzender Belgier drückte ihnen einen Stempel in den Pass, dabei murmelte er unverständliches Zeug.

Ein von Alkohol und unzähligen ausschweifenden Nächten gezeichnetes Gesicht sah sie an. Und dann sprach er plötzlich in einem klaren, reinen Flämisch:

„Was führt sie in die Hölle? Wissen sie nicht, dass sie hier verrotten werden, wenn sie länger hier bleiben? Ich rate ihnen so schnell als möglich umzukehren, so lange sie noch können."

„ Wir wollen den Flugplatz kontrollieren, jenen auf dem die Frachtflugzeuge landen. Es hat einige Beschwerden bei der internationalen Flugplatzaufsicht gegeben. Einige Piloten sagen, sie wollen diesen Platz nicht mehr anfliegen."

Hendrik log sehr routiniert.

„ Dann müssen sie ein Taxi nehmen, der Platz liegt zwölf Kilometer von hier im Norden."

Hendrik hatte Glück mit der Auswahl des Taxi Fahrers.

Er umfuhr so geschickt die zahlreichen tiefen Schlaglöcher, dass sie nur ein- oder zweimal mit dem Kopf gegen das Dach des Autos stießen.

Die Landebahn lag in einer Senke, an der rechten Seite begrenzt von einem Hügel, an der linken Seite wucherte ein dichter Urwald und streckte die Äste der Urwaldriesen weit in die Landebahn.

Auf dem Hügel standen einige Häuser, verfallen und baufällig, fast Ruinen.

„Fahren sie uns da hinauf, von da hat man einen guten
Überblick über die Landebahn und die landenden
Flugzeuge.“
Hendrik sagte es schnell und ohne lange zu überlegen,
und der Fahrer sah sie seltsam an.
„Was wollen sie da oben, nur ein einziges Haus ist überhaupt
noch bewohnt?“
„Das geht sie nichts an.“
Dann überlegte Hendrik, dass es nicht klug sei, Misstrauen zu
erwecken und lenkte ein.
„Wir müssen den Flugbetrieb kontrollieren, es hat einige
Beschwerden von Piloten gegeben.“

Die schöne Aglaya

Der Fahrer hielt vor einem Haus, das weniger verfallen schien als die übrigen.

Eine Frau öffnete und sah sie überrascht an.

„Was wollen sie?"

„Wir müssen den Flugplatz überwachen und dazu brauchen wir ein Quartier für einige Tage."

„Wie viel verlangen sie für Übernachten und Verpflegung?"

„Hundert Dollar pro Woche für beide."

„OK, wir nehmen an."

„Wollen sie nicht Ihre Zimmer sehen?"

„Haben sie ein Telefon im Haus?"

„Nur mein Mobil."

„Das genügt, wir müssen nach Beendigung unserer Arbeit wieder ein Taxi rufen."

„Ich gebe ihnen meine Nummer. Es würde mich freuen, wenn sie mich wieder nehmen, außerdem finde ich sie sicher leichter wie ein anderer."

Der Taxifahrer sah sie hoffnungsvoll an.

Nachdem der Taxifahrer abgefahren war, inspizierten sie das Haus.

Es war in besserem Zustand, als es von außen den Anschein hatte. Alles war sauber und gepflegt.

Jetzt hatten sie auch Muße, die Besitzerin näher in Augenschein zu nehmen.

Sie war etwa Anfang dreißig und bei näherer Betrachtung eine sehr attraktive Frau. Das hatten sie bei der ersten Begegnung nicht wahrgenommen. Da hatte sie Arbeitskleidung mit schweren Stiefeln getragen und ihr Gesicht unter einem Kopftuch halb verborgen.

Jetzt hatte sie sich umgezogen und trug einen kurzen Rock und eine eng sitzende Bluse. Sie hatte dichtes braunes Haar, das sie zu einem Zopf gebunden hatte. Das brachte ihr Gesicht richtig zur Geltung, ein ebenmäßiges Gesicht mit hellen Augen und vollen roten Lippen. Am besten gefiel den beiden Europäern aber ihr Lächeln. Ein freundliches, warmherziges Lächeln, das ihre weißen Zähne sehr vorteilhaft zur Geltung brachte. Sie lebte allein im Haus, nachdem ihr Mann während des Aufstandes von einer schwarzen Horde getötet wurde. Seitdem arbeitete sie im Büro des nahen Flugplatzes. Nach Hause, nach Brüssel wollte sie nicht.

Sie fühlte sich auch nicht einsam und hatte auch keine Angst, so allein. Gegen Überfälle war sie gut gerüstet- zwei Maschinenpistolen neben der Eingangstür würden genügen, meinte sie mit schmalen Augen.

Und jetzt, wo sie zwei Polizisten im Haus hatte, könne ihr schon überhaupt nichts passieren, meinte sie und sah dabei Hendrik lange an.

Dem wurde heiß und als er die Augen senkte und sein Blick dabei über ihren wohlgeformten Busen und die langen Beine glitt, wurde ihm noch heißer.

Das Essen nach dem langen Tag schmeckte ihnen besonders gut und dann saßen sie gemütlich auf der Veranda und rauchten.

Aglaya, so hieß die schöne Hausherrin, brachte als Abschluss noch eine Flasche Gin und so wurde es noch spät bei angeregter, fröhlicher Unterhaltung.

Dann zeigte Aglaya den Beiden ihre Zimmer.

Die waren beeindruckend, eingerichtet im Kolonialstyl, mit einem breiten Bett und anschließendem Bad mit Dusche und Badewanne. Alle Fenster waren vergittert, mit schweren, schon etwas rostigen Eisenstangen.

In der Nacht wurde es etwas kühler, der Regen brachte angenehme frische Luft.

Für die nächsten Tage waren keine Frachtflugzeuge angemeldet, somit war die Anwesenheit von Aglaya am Flugplatz nicht erforderlich.

Sie zeigte den beiden Gästen die Umgebung und die war beeindruckend. Hendrik erzählte von den vergangenen Einsätzen in Asien, den letzten Einsatz in Angola erwähnte er nicht, auch nicht den wahren Grund ihres Aufenthaltes im Kongo. Und Aglaya war klug genug, auch nicht weiter danach zu fragen.

Sie erzählte von den Jahren vor der Revolution, als die Belgier noch das Land beherrschten und ein sorgenfreies und wunderschönes Leben führten, inmitten einer friedlichen und zufriedenen Bevölkerung. „Es ging allen gut, niemand musste Hunger leiden. Die üppige Vegetation, der Reichtum an Fischen im Kongo-Fluss und der Wildreichtum der Urwälder ernährten alle. Es war ein blühendes Land.

Dann wurden Diamanten und auch Gold gefunden und die Gier der Menschen zerstörte alles. Die Großmächte kamen ins Land um ihre Interessen zu wahren und Söldnertrupps kämpften für die rivalisierenden Mächte. Bald herrschte Chaos, die zuvor friedlichen Bewohner begannen die Belgier im Land zu terrorisieren und viele von ihnen kamen bei den Übergriffen ums Leben, darunter auch Aglayas Mann.

Als er allein im Haus war, überfielen ihn die Nachbarn und töteten ihn mit ihren Macheten."

Aglaya holte tief Luft und ihre Augen wurden hart.

„Ich war gerade in Kinshasa, auf der anderen Seite des Flusses, sonst hätten sie mich wahrscheinlich auch getötet. Man muss sich das vorstellen, - es waren die Nachbarn, mit denen wir seit Jahren ein freundschaftliches Verhältnis hatten. Die Frau hat für uns gekocht und das Haus geputzt. Aber die Schwarzafrikaner hier sind leicht zu beeinflussen und die Hemmschwelle gegen Gewalt ist sehr klein. Sie verlieren dann jede Beherrschung und morden blindwütig. Aber nicht nur hier im Kongo, denken sie nur an die Gräuel zwischen Hutu und Tutsi, wo tausende abgeschlachtet wurden.

Aber das Schlimme ist – sie finden nichts dabei, einen anderen Menschen zu töten. Sie haben kein

Unrechtsbewusstsein." Aglaya war wunderschön in ihrer Aufregung bei der Erzählung der vergangenen Ereignisse.

Am nächsten Morgen, nach dem Frühstück wollte Aglaya den beiden den Dschungel zeigen, der rund um ihr Haus den Hügel bedeckte. Ein schmaler, kaum sichtbarer Pfad führte zu einem kleinen Wasserfall, etwa eine Stunde von ihrem Haus entfernt.

Olaf hatte die Blicke bemerkt, die Aglaya und Hendrik in unbeobachteten Momenten wechselten. Es war unübersehbar, die beiden hatten sich in einander verliebt. Und daher beschloss er, die beiden allein gehen zu lassen. Er würde im Haus bleiben, um nicht zu stören. Die Dankbarkeit in Hendriks Gesicht war unübersehbar.

Nach einer Stunde erreichten die beiden den Wasserfall, der in ein kleines Becken mündete, sehr einladend zu einem erfrischenden Bad.

Aglaya zögerte etwas, aber dann zog sie sich aus und sprang schnell ins Wasser.

Auch Hendrik zog sich schließlich aus und konnte seine Erregung nicht verbergen. Als Aglaya sich umdrehte schloss sie die Augen und ein zartes, wissendes Lächeln breitete sich über ihr Gesicht.

Bereits im Wasser, als sie sich küssten, wurde Ihr Blut heiß vor Verlangen.

Hendrik hob sie hoch und trug sie ans Ufer.

Sie lagen auf dem weichen Polster des grünen Mooses und als er wild und unbeherrscht in sie eindrang, schrie sie ihre Lust hoch zum Blätterdach der Urwaldbäume.

Er war sofort ihrem Zauber verfallen, hörig der Magie ihrer hemmungslosen ungezügelten Leidenschaft, ihrer lasziven Erotik, ihrer Weiblichkeit. Wie sie die körperliche Liebe genoss, hemmungslos und ohne falsche Scham. Sie war ein Vulkan, der dem Druck des Feuers im Inneren nachgab.

Dann lagen sie ermattet auf dem weichen Polster des Mooses des Ufers und genossen den Duft der Orchideen in den Astgabeln, die mystische Ausstrahlung der Urwaldriesen, deren Wipfel im Blau des Himmels verschwanden.

Es waren die verzauberten Minuten in denen die Zeit stehenblieb und die Erde stillstand auf ihrer Wanderung durchs Universum.

Es wurde Abend und in der Finsternis den Weg zurück durch den Urwald zu gehen, wollten sie nicht und so machten sie sich widerstrebend auf den Rückweg.

In der Luft lag der undefinierbare Geruch des Regens der letzten Nacht und die unsichtbaren Tiere des Waldes begannen ihr Konzert. Die werbenden Rufe der Affen hoch in den Baukronen, das Knurren der Jäger der Nacht und die Schreie der Gejagten, wenn sie zum Opfer wurden, klangen durch die schwüle Luft.

Es war noch immer heiß und die Luft war gesättigt von der Feuchtigkeit die von der Erde aufstieg. Bei jeder Berührung der Büsche am Rand des Weges entluden die Blätter ihre Wassertropfen auf die Vorübergehenden. In den Tropen und in den Ländern nahe des Äquators gibt es keine Dämmerung, es wird um achtzehn Uhr schlagartig dunkel und so waren die Beiden erleichtert, als sie mit dem letzten Licht das Haus von Aglaya erreichten.

Olaf bemerkte natürlich sofort die Veränderung der Beiden und vermied taktvoll jede Bemerkung.

Aglaya wollte am nächsten Morgen den beiden Gästen ihren Arbeitsplatz vorstellen und so gingen sie die Straße, die in Serpentinen zum Flugplatz führte, hinab.

Nach einer halben Stunde kamen sie zu der Stelle, wo sich die Straße teilte. Die schmälere Straße führte zum Hügel auf dem Aglayas Haus stand, die breitere Straße führte zum Flugplatz.

In diese bogen sie ein und nach einer weiteren halben Stunde erreichten sie das Ende der Landebahn.

Diese war lediglich eine Piste aus notdürftig eingeebneter schlammiger Erde.

Sie gingen weiter, vorbei an rostigen zerbeulten Flugzeugwracks am Pistenrand, Zeugen von missglückten Landungen.

In den tiefen Rinnen im Boden stand verfaultes Wasser mit einem schillernden Ölfilm überzogen. Es roch nach Kerosin.

Alles machte einen verwahrlosten Eindruck und es sah aus, als ob der Flugplatz nicht mehr im Betrieb wäre.

Am Ende der Piste standen einige Holzhütten, verfallen und von weißem Schimmel überzogen. Nur eine schien neu oder wenigstens in gutem Zustand zu sein.

Eine hohe Funkantenne, mit vier Seilen abgesichert, stand daneben.

Das Büro von Aglaya. Außer den notwendigen Schreibarbeiten war sie auch für den Funkverkehr mit den landenden und startenden Frachtflugzeugen verantwortlich.

Aglaya öffnete die Tür und modriger Geruch schlug ihnen entgegen.

Ein grauhaariger Einheimischer erhob sich von einem Schreibtisch an der Wand und sah sie erstaunt an.

Aglaya schien auch erschrocken, als sie den Alten sah.

„Das sind zwei Wissenschaftler, die Pflanzen und Tiere im Kongo untersuchen. Sie wohnen eine Zeitlang in meinem Haus." Aglaya sagte es etwas gepresst, offenbar war sie unangenehm davon überrascht, dass jemand in ihrem Büro war. Sie war überzeugt gewesen, dass niemand anwesend sei, da doch kein Flugzeug angemeldet war.

Auch für Hendrik und Olaf war es mehr als unangenehm. Die restliche Belegschaft des Flugplatzes würde bei ihrem Kommen davon erfahren, dass zwei Weiße hier waren und sicher misstrauisch werden.

Es war ein Fehler gewesen herunter zum Flugplatz zu kommen. Wären sie oben auf dem Hügel geblieben, wäre ihre Anwesenheit unentdeckt geblieben.

„Ich wollte sie schon verständigen, dass Ende der Woche ein Transport aus Europa angesagt ist. Na, den Weg hinauf zu ihrem Haus kann ich mir jetzt ersparen."

Der Alte sagte es in perfektem Belgisch und musterte dabei die beiden Europäer.

Und Hendrik wurde sofort klar, dass das Äußere des Alten trog. Das war ein gebildeter intelligenter Mann.

Mit sehr gemischten Gefühlen traten sie den Rückweg zu Aglayas Haus an. Ihre Chancen unentdeckt zu bleiben waren vertan.

Aber in den nächsten Tagen blieb alles ruhig, niemand kam und so hofften sie, dass der Alte sie vergessen hatte, oder der Anwesenheit der Europäer keine Bedeutung beimaß.

Am Ende der Woche kamen zwei Lastauto und ein Geländewagen. Gut ein Dutzend Männer stiegen aus und gingen in die Baracken neben dem Büro von Aglaya. Die bestieg ihren Roller und fuhr hinab.

Ihre Arbeit begann.

Es war schon später Vormittag, als die erste Herkules einschwebte. Ein bulliges dickbauchiges Flugzeug, das für Start und Landungen auf unbefestigten Pisten sehr geeignet war und daher für Aufgaben wie diese gerne eingesetzt wurde. Kurz darauf landete die zweite Herkules.

Hendrik und Olaf kletterten auf den kleinen Hügel neben dem riesigen Affenbrotbaum in der Nähe von Aglayas Haus. Durch die Teleobjektive ihrer Kameras konnte man sehr gut die Kennzeichen auf den Rümpfen der beiden Flugzeuge sehen.
Es waren die Kennzeichen des ETA –Konzerns.
Gut und deutlich lesbar.
Sie filmten und machten Fotos, aber dann sah Hendriks durch sein Teleobjektiv einen Mann auf dem Dach des Schuppens neben der Hütte mit der Funkantenne, der genau in seine Richtung blickte.
„ Verdammt Olaf, ich glaube sie haben uns entdeckt und sie haben auch gesehen, dass wir Bilder machen."
Hendriks zog Olaf von dem Hügel herunter.
„ Wenn sie Verdacht schöpfen, ist auch Aglaya in Gefahr. Schließlich wohnen wir bei ihr und sie hat uns zu der Landebahn gebracht. Auch das werden sie in der Zwischenzeit schon wissen."
Mit lautem knattern kam ein Roller den Hügel empor.
Aglaya schrie schon, bevor sie den Roller zum Stehen brachte.
„ Los, macht euch fertig, wir müssen weg, so schnell als möglich. Die Mannschaft von ETA will herauf kommen und

euch zur Befragung ins Hauptquartier nach Kinshasa bringen."

Sie rannten ins Haus. Aglaya gab Hendrik das Gewehr mit dem Zielfernrohr, sie nahm die Maschinenpistole.

Hendrik stopfte die Kameras in seinen Rucksack und dann sah er hinab. Der Geländewagen kam gerade zur Weggabelung und bog in den Seitenweg zu Aglayas Haus. Eine Flucht mit Aglayas Auto war somit unmöglich.

Die einzige Fluchtmöglichkeit war der Weg zu dem Wasserfall und dann weiter zum Fluss.

Nach vier Stunden kamen sie schweißüberströmt in dem Dorf am Ufer an.

Zum Glück kannte Aglaya die Leute des Dorfes und als sie kurz die Situation schilderte, war ein Fischer sofort bereit, sie mit seinem Boot flussabwärts zu bringen.

Er deckte sie mit Decken und Netzen zu und als das Boot kaum zweihundert Meter vom Ufer entfernt war, tauchten die ersten Männer von ETA auf. Sie schossen sofort, aber die Strömung trieb das Boot schnell außer Schussweite.

„Das war knapp, aber wir hatten Glück."

Aglaya drängte sich an Hendrik und der schloss sie in seine Arme.

„Kinshasa scheidet als Anlege Ort wohl aus, aber wo gibt es noch einen Flugplatz?"

Hendrik faltete die Landkarte auf um sie gleich wieder enttäuscht zu schließen.

„Es gibt keinen anderen Verkehrsflugplatz. Der nächste ist in Lusaka, in Sambia."

„Weiter flussabwärts lebt ein Deutscher, ein ehemaliger Jagdflieger der deutschen Luftwaffe und er hat ein Wasserflugzeug." Aglaya sah Hendrik liebevoll an und er umarmte sie erleichtert.

„Es ist allerdings noch eine Tagesreise flussabwärts und das Dorf ist eine Räuberhöhle. Man sagt, dort ist es nicht ratsam an Land zu gehen. Aber wir sind gut bewaffnet."

Aglaya hob die Maschinenpistole hoch und versuchte ihrem Gesicht ein grimmiges Aussehen zu geben.

„Du siehst so süß aus, dass sich alle Gangster des Dorfes sofort in dich verlieben werden." Hendrik schien ernsthaft verliebt zu sein. Sie sah aber auch so umwerfend aus, dass Olaf schluckte.

Unbehelligt fuhr das Boot an Kinshasa vorbei und alle waren erleichtert. Offenbar hatten die ETA-Leute in Kinshasa noch keine Nachricht von ihrer Flucht erhalten.

Sie erreichten nach einem Tag das Dorf, das Aglaya „die Räuberhöhle" genannt hatte.

Der Fischer, der sie mit seinem Boot bis hierher gebracht hatte, wollte nicht weiter. Der Treibstoff reiche nur mehr für die Fahrt stromaufwärts zu seinem Dorf.

Die Räuberhöhle, das Dorf der Gangster

Der Landungssteg war, wie alles in dem Land, in so desolatem Zustand, dass sie mit äußerster Vorsicht die vermorschten Bretter umgehen mussten um das schlammige Ufer zu erreichen.

Die Dorfbewohner betrachteten sie misstrauisch, als sie die ersten Häuser erreichten.

Auf dem Hauptplatz wehrte sich eine halbverfallene Kirche gegen den endgültigen Zusammenbruch.

Gleich daneben stand ein Backsteinbau mit schief herunter hängenden Fensterflügeln. Die Wände waren mit weißen Flecken überzogen, dem Schimmel von unzähligen Regengüssen. Über dem Eingang hing eine vergilbte, kaum leserliche Tafel mit der bombastischen Aufschrift „Grand Hotel."

Als sie die Tür öffneten und den Raum betraten, schlug ihnen der dumpfe Geruch von Bier und Zigarettenrauch entgegen.

Ein untersetzter, bulliger Mann kam ihnen entgegen und musterte sie. „Was wollt ihr?"

„Hallo, wir brauchen ein Quartier für die Nacht und wenn möglich ein Abendessen."

Hendrik war vorgetreten und sah den Mann ruhig an.

Der nickte, drehte sich um und verschwand durch eine halbhohe Pendeltür, offenbar in die dahinter liegende Küche.

Nach kurzer Zeit erschien eine junge Frau und servierte ihnen ein so ausgezeichnetes Essen, das sie in dieser Spelunke nie erwartet hätten.

Auf dem Boot hatten sie nichts zu essen bekommen und so aßen sie mit großem Appetit.

Als sie fertig waren, kam die junge Frau, um die Teller zu holen. Hendrik lobte das Essen und sie sah ihn an und lächelte.

Dieses Lächeln war so bezaubernd und ihr schräger Blick über die Schulter so erotisch und viel versprechend, dass Hendrik schluckte.

Erst jetzt sah er sie genauer an.

Sie mochte Anfang zwanzig sein und war wunderschön.

Die pechschwarzen hüftlangen Haare, die schrägen Augen der Asiaten und ein Gesicht, ebenmäßig und sehr erotisch. Die vollen Lippen waren tiefrot geschminkt. Beim Lächeln öffnete sie ein wenig den Mund und zeigte perlweiße Zähne.

Die Brüste waren nicht zu groß und standen steil nach vorne. Ihre Beine waren ewig lang und die Knie waren rund und süß.

Was machte sie in dieser Spelunke inmitten dieser Schar ungepflegter ungehobelter Männer, von denen gewiss die Mehrheit Banditen waren?

Sie schien seine Gedanken zu erraten:

„Ich bin die Tochter des Besitzers."

„Und wie kommen sie in diese gottverlassene Gegend?"

„ Wir lebten in der Hauptstadt, in Brazzaville. Aber nach der Ermordung von Kabila wurde es dort zu gefährlich und so kaufte mein Vater dieses Hotel. Hier lässt man uns in Ruhe. Wahrscheinlich auch deshalb, weil mein Vater sich sofort Respekt verschafft hat."

„Der Dorfhäuptling, ein gefährlicher Raufbold und übler Gangster, forderte meinen Vater heraus und es kam zu einem Kampf.

Der Dorfhäuptling war ein gefürchteter Mann, der schon viele Männer getötet hat, wie man uns erzählte.

Ein bulliger sehr muskulöser Mann mit einem abstoßenden grausamen Gesicht. Die Männer warnten meinen Vater und versuchten ihm diesen Kampf auszureden. Aber der Gegner verkündete lauthals, dass er meinem Vater das Genick brechen würde und dann würde er dessen Tochter- mich- in seine Hütte nehmen. Das gab den Ausschlag.

Der Kampf wurde mit allen Mitteln geführt, ohne Regeln. Der Dorfhäuptling wandte alle nur denkbaren schmutzigen Tricks an. Mein Vater kannte alle. Und er war körperlich und technisch dem Dorfhäuptling weit überlegen und nach einer Serie schwerer Schläge gegen den Kopf des Gegners, fiel dieser hart zu Boden.

Sie versuchten noch alles um den Mann aus seiner Bewusstlosigkeit zurück zu holen, aber er war schon tot.

Seitdem haben wir Ruhe und niemand hat den Mut mir schöne Augen zu machen."

Hendrik betrachtete den Mann hinter der Theke, offenbar der Vater der Schönen. Der mochte etwa vierzig Jahre alt sein und war sehr groß. Die Muskelstränge, die sein Hemd fast zum Platzen brachte, waren von beeindruckender Größe. Es gab wohl nur wenige, die gegen diesen Mann eine Chance haben würden.

„ Ich heiße Yolanda und würde mich gerne mit Ihnen unterhalten. Was bringt sie in dieses Räubernest? Die Polizei in Brazzaville? Haben sie mit denen Probleme?

Na, bei uns sind sie sicher, die Polizei lässt sich nie hier blicken."

„Nein, mit der Polizei haben wir keine Probleme. Wir haben nur zufällig das Abladen von Waffen gesehen. Auf dem kleinen Frachtflugplatz nördlich von Kinshasa, wo die ETA mit ihren Flugzeugen landet.

Seitdem verfolgen uns Männer, die offenbar von der ETA sind."

„Das sind gefährliche Leute, die auch vor einem Mord nicht zurückschrecken. Zum Flugplatz in Kinshasa könnt ihr keinesfalls zurück, diese Leute würden euch töten. Aber sie können nach Goma, stromabwärts, fahren. Mit dem Boot natürlich, über Land ist das unmöglich. Es gibt keine Straßen mehr und es wäre auch zu gefährlich. Es sind zu viele verschiedene, bewaffnete Räuberbanden in den Wäldern unterwegs, ehemalige Söldner der rivalisierenden Warlords, die jetzt auf eigene Rechnung plündern und morden."

Yolanda schien ehrlich besorgt und Hendrik war beeindruckt.

„Und Goma hat einen Flugplatz? Ich meine den auch noch Verkehrsflugzeuge benützen?"

Jolanda sah sinnend vor sich auf den Boden.

„Das kann ich ihnen nicht sagen. 1997/98 kam es in Goma zu Gräueltaten, als Tutsi-Soldaten aus Ruanda einfielen und in den Hutu Flüchtlingslagern alle Flüchtlinge massakrierten.

Seitdem hat man nichts mehr von Goma gehört.

Ich glaube aber nicht, dass es reguläre Flüge nach Goma gibt."

„Stromabwärts, etwa auf halben Weg nach Goma soll ein Deutscher leben, der ein Flugzeug hat. Kennen sie den oder wissen sie mehr über ihn? Lebt er noch?"

Hendrik sah Yolanda erwartungsvoll an.

„Nein, ich habe noch nichts von einem Deutschen mit einem Flugzeug gehört. Aber wenn sie wollen kann ich ihnen unser Boot leihen. Ein Freund kann sie stromabwärts fahren und vielleicht finden sie den Mann."

„Das wäre fantastisch und wir bezahlen auch selbstverständlich dafür."

„Sie könnten auch hier bleiben und ihre Freunde allein fahren lassen."

Hendrik war verblüfft und als Yolanda seine Hand nahm und ihn auf die Terrasse zog, war er unschlüssig, wie er sich verhalten sollte.

Olaf und Aglaya waren schon seit geraumer Zeit auf ihre Zimmer gegangen. Beide waren erschöpft und auch Aglaya würde wohl nicht auf ihn warten.

Alle hatten eigene Zimmer und seines lag am hinteren Ende des Flurs. Das ging ihm durch den Kopf und die Versuchung war riesengroß, Yolanda mit auf sein Zimmer zu nehmen. Die umarmte ihn stürmisch und legte seine Hand auf ihre Brüste. Prall und heiß drängten sich die ihm entgegen.

In seiner aufgeregten Not stieß er gegen einen Tisch, der laut polternd umstürzte.

Beide wichen erschrocken auseinander und Hendrik zündete sich zitternd eine Zigarette an. In der Türöffnung erschien die riesige Gestalt von Yolandas Vater. Er sah Hendrik drohend an und da er nichts Verbotenes sehen konnte, drehte er um und verschwand durch die Tür, zurück in den Schankraum.

Yolanda nahm Hendriks Hand und zog ihn ins Freie.

Das Licht der nahen Veranda tauchte ihr Gesicht in einen mythischen Schein. Ihre grünen Katzenaugen sahen ihn an und er wurde willenlos. Er sah nur die wunderschöne Frau. Ihre weiblichen Reize, ihre unglaubliche erotische Ausstrahlung stahlen seinen Willen und seinen Verstand.

Sie nahm seine Hand und führte ihn hinunter zum Bootshaus am nahen Fluss und er folgte ihr mit heißen Lenden.

In der Mitte des Raumes stand ein breiter Tisch, sonst war der Raum leer. Er öffnete die Knöpfe ihrer Bluse, streichelte ihre Brüste, die steif und fest sich ihm entgegen streckten, dann glitt seine Hand tiefer zwischen ihre Schenkel, streichelte ihre heiß und feucht gewordene Vagina. Sie stöhnte und öffnete seinen Gürtel. Er hob sie hoch und legte sie auf den Tisch. Sie zitterte, als er ihr spitzenbesetztes Höschen auszog und dann stöhnte sie laut und lustvoll, als er in sie eindrang.

Zur gleichen Zeit erlebten sie ihren Orgasmus und für wenige Sekunden zerbrach die Zeit und sie empfanden ihre Lust wie eine Explosion der Sinne.

Fast wurde es schon hell, als sie zurück kamen. In einiger Entfernung vor dem Aufgang zur Terrasse hörten sie ein leises Stöhnen und als Hendrik näher kam, sah er einen Mann auf dem Boden vor der Treppe zum Eingang. Es war Olaf, der gegen einen Baum gelehnt auf dem Boden kniete. Sein Gesicht war blutverschmiert.

„Sie waren zu dritt, ich habe versucht mich zu wehren, aber sie waren stärker."

Als Olaf die beiden sah, richtete er sich auf-

„Wer waren die Männer und was wollten sie von dir?"

„Keine Ahnung wer sie waren aber sie wollten wissen wer wir sind und ob wir Geld haben."

„Komm mit in den Schankraum, vielleicht kannst du sie wiedererkennen."

Hendrik half seinen Freund und Mitarbeiter hoch und dann betraten sie den Raum der Kneipe.

Olaf sah sich langsam um und dann zeigte er auf drei Männer an der Theke, die sich offenbar köstlich amüsierten, als sie Olaf erblickten.

Hendrik ging langsam zur Theke und als der erste ihm grinsend sein Gesicht zuwandte, brach er ihm mit einem schnellen Kopfstoß die Nase. Hinter sich spürte er den faulen Atem des zweiten Mannes und im Umdrehen rammte er diesen seinen Ellbogen mit aller Kraft in den Magen. Jetzt war der dritte heran und holte weit aus. Der Schwinger hätte wahrscheinlich einen Ochsen gefällt, aber Hendrik wich zur Seite aus und trat den breitbeinig vor ihm stehenden Koloss mit voller Wucht zwischen die Beine.

Der fiel mit lautem Stöhnen in die Knie und dann langsam auf den Rücken. Er war offenbar bewusstlos, denn er atmete stoßweise mit geschlossenen Augen und zuckte unkontrolliert.

Während der eine versuchte die Blutung seiner Nase zu stillen, lehnte der andere über einen Tisch und erbrach würgenden blutigen Schleim.

Yolandas Vater hatte mit Erstaunen und Bewunderung den Kampf verfolgt. Jetzt kam er näher, packte die drei und warf sie mit Schwung vor die Tür der Kneipe.

Dann ging er zurück zur Theke, schenkte drei Krüge Bier ein und kam an den Tisch von Hendrik. Der war gerade bemüht, das Blut von Olafs Gesicht zu wischen.

In Ermangelung eines Besseren hatte er das Tischtuch dazu benutzt.

„Ich lade sie zu einem Glas Bier ein und würde mich freuen, wenn sie das mit mir trinken." Yolandas Vater sah Hendrik an.

Der unterbrach seine Tätigkeit und zeigte zustimmend auf den Stuhl zu seiner Rechten.

„Habe selten einen so guten Kampf gesehen. Wo hat man ihnen das beigebracht?"

„In Belgien, in einem Spezialausbildungslager."

Mehr wollte Hendrik nicht sagen und Yolandas Vater fragte nicht weiter.

Mittlerweile war es hell geworden, die Sonne sandte Bündel heißer Pfeile auf die staubigen verdorrten Bananenstauden vor dem „Hotel".

Aglaya trat aus der Tür des Ganges zu den Schlafräumen und sah erstaunt und bestürzt auf den blutverschmierten Olaf, der gerade mit großem Appetit sein Frühstück aß.

Nach einer kurzen Erklärung des Überfalls auf Olaf und des darauf folgenden Kampfes von Hendrik mit den Angreifern, musterte sie mit stiller Hochachtung Hendrik, der sein schlechtes Gewissen bekämpfte, aber scheinbar teilnahmslos sein Frühstück verzehrte.

Hendrik bezahlte die Rechnung und dann holten sie ihr Gepäck aus dem Zimmer und gingen eilends in Richtung des Flusses.

Erst jetzt, bei Tageslicht fielen ihnen die verwahrlosten Gebäude des Dorfes auf.

Unzählige Einschusslöcher in den Wänden, Zeugen des letzten Krieges, zerborstene Kanalrohre unter den Fundamenten, die freigeschwemmt von den zahllosen Überschwemmungen der letzten Jahrzehnte ihren Inhalt auf die Straße ergossen.

Die Feuchtigkeit der jährlichen Tropenregen hatte in langen Jahren eine dicke Schicht grünlich- weißen Schimmels auf die vom Rost zerfressenen Wellblechdächer und die Mauern gebildet.

Die Fenster, soweit sie noch vorhanden waren, hingen schief aus den Rahmen. Natürlich ohne Glas.

Der Verputz der Mauern hatte sich gelöst und lag in weißen, schimmeligen Haufen am Boden.

Aber es schien, als ob noch die meisten Häuser bewohnt waren. Niemand hatte es für notwendig gefunden etwas zu reparieren. Alles machte den Eindruck, als hätten die Menschen alle Hoffnung auf eine bessere Zukunft längst aufgegeben.

Dann erreichten sie das Ufer des Kongo – Flusses.

Der Fluss Kongo

Hier lag an einem schmalen Landesteg aus vermorschten Stämmen, ein älteres Boot. Der vordere Teil war offen, in der Mitte war ein kleiner Aufbau, - der Steuerstand, oder was man hier darunter verstand. Die vordere Glasscheibe - in einem rostigen Rahmen - war nach vorne gekippt. Dahinter das Steuerrad, bei dem die Hälfte der Speichen fehlte und ein im Boden festgeschraubter Stuhl, das war der erste Eindruck, den sie von dem Boot hatten, das sie stromabwärts bringen sollte. Jabulu, der Verwandte von Yolanda, begrüßte sie freundlich und startete den Motor.
Die Fahrt der folgenden Stunden verlief eintönig. Das Ufer bot immer das gleiche Bild, eine Wandhaushoher Urwaldriesen, nur hin und wieder unterbrochen durch kleinere Flüsse die in den Kongo mündeten.
Anzeichen von menschlichen Siedlungen sahen sie selten. Es waren Ruinen ausgebrannter Häuser, Zeugen vergangener Kampfhandlungen.
Knapp vor Sonnenuntergang lenkte Jabulu das Boot in einen schmalen Seitenarm. Die Sonne stand bereits tief über den Baumwipfeln und wie in den Ländern des Äquators üblich, wurde es ohne Übergang Nacht.
Eine tiefschwarze Nacht, mit Millionen heller Sterne.
Jabulu ließ das Beiboot zu Wasser und mit einer Handbewegung lud er Olaf und Hendrik ein, ins Boot zu steigen.

Dann ruderte er langsam zum Rand der Lagune und leuchtete mit einer Taschenlampe ins Wasser.

Man konnte sie deutlich sehen, die roten Augen der Krokodile. Wie glühende Kohlen leuchteten diese im dunklen Wasser.

Fast geräuschlos ließ sich Jabulu ins Wasser gleiten.

Die Wasseroberfläche neben dem Boot wurde unruhig und dann tauchte Jabulu auf und warf ein kleineres Krokodil ins Boot. Die Echse war etwa einen Meter lang und schlug wild um sich. Olaf und Hendrik beeilten sich ans andere Ende des Bootes zu rücken. Jabulu zog sich ins Boot und mit einer schnellen Bewegung schlang er ein Seil um den Rachen des Krokodils. Das beruhigte sich schnell, als er einen Jutesack um den Kopf des Tieres wickelte.

„Das wird ein feines Abendessen." Jabulu blickte stolz auf seinen Fang.

„Er wird doch nicht glauben, dass ich ein Krokodil esse?" Olaf schüttelte sich und sah hilfesuchend zu Aglaya. Aber die verzog genießerisch ihren Mund und

holte Teller und Essbesteck aus dem Kasten neben dem Steuerstand.

Jabulu füllte die Schale des Grillers mit Holzkohle und summte leise eine unbekannte Melodie.

Der in Scheiben geschnittene Schwanz des Krokodils schmeckte allen, auch Olaf war begeistert.

Am nächsten Morgen fuhren sie aus dem Seitenarm zurück zum Fluss. Die Strömung wurde schwächer und der Fluss wurde sehr breit. Die Dörfer an den Ufern waren kaum mehr sichtbar.

Am Abend des zweiten Tages kamen sie in das Dorf in dem der Deutsche Flieger angeblich leben sollte.

Am Landesteg war niemand zu sehen. Nachdem sie das Boot festgemacht hatten, folgten sie dem schlammigen Pfad der offenbar zum Dorf führte.

Als die Hütten zwischen den Bananenstauden auftauchten, sahen sie sofort das Ausmaß der Zerstörung. Mehr als die Hälfte der Hütten waren nur mehr schwarze, verkohlte Ruinen.

Offenbar das Werk einer Rebellenhorde, die plündernd und mordend die Dörfer überfielen. Gesetzlose in einem gesetzlosen Land, in dem diese Mörderbanden ungestraft wüten konnten. Sie überfallen die Dörfer und rauben alle Vorräte, vergewaltigen die Frauen und töten die Männer. Nur wenn es den Dorfbewohnern gelingt, rechtzeitig in den Wald zu flüchten können sie überleben. Aber die Schweine und Hühner und die Maisvorräte werden gestohlen. Für die Dorfbewohner beginnt eine schreckliche Zeit des Hungers, aber sie haben wenigstens ihr Leben gerettet.

Denn die Maji – Maji Horden morden ohne Grund.

Und das entsetzliche daran ist, dass alle Gräueltaten ungesühnt bleiben, es gibt niemanden, der diese Mörderbanden zur Verantwortung zieht. Die korrupten Vertreter des Gesetzes, sofern es überhaupt noch jemand gibt, machen gemeinsame Sache mit den Verbrechern und teilen sich mit denen die Beute.

Die Ausbeutung und auch die Gräuel in der Zeit, als der Kongo im Namen Leopolds den Zweiten und später als Kolonie der Belgier an der Tagesordnung waren, waren sicher verabscheuungswürdig, aber es gab Gesetze und die wurden im Land eingehalten. Auch die Kolonialbehörden hielten die Infrastruktur in Ordnung. Auf dem Fluss gab es regen Schiffsverkehr, die Straßen waren in guten Zustand und es gab Züge, zwischen den größeren Städten.

Heute gibt es keinen Schiffsverkehr, die Bahntrassen und die Schienen sind verrottet und so gut wie nicht mehr vorhanden. Die Städte sind im fortgeschrittenen Zustand des Verfalls. Aber noch schlimmer für die Menschen ist, dass das Land gesetzlos ist. In den frühen Jahren der Unabhängigkeit begann das große Morden. Die Rebellion im östlichen Landesteil nach der Ermordung Lumumbas und die darauf folgenden Söldnerkriege stürzten den Kongo in einen Verfall sondergleichen. Lähmende Finsternis breitete sich über das einst blühende Land.

Während Hendrik und seine Begleiter mit gemischten Gefühlen auf die Reste eines Dorfes blicken, ruft Jabulu in den umgebenden Wald, dass sie in friedlicher Absicht gekommen seien und nur den Deutschen sprechen wollen.

Langsam kommen einige Kinder aus dem Wald und dann auch einige Männer und Frauen.

Als Jabulu nochmals nach dem Deutschen fragt, führen sie die Fremden zu einer Lagune neben dem Dorf.

Die Überreste eines kleineren Flugzeuges ragen aus dem Wasser nahe dem Ufer. Halb versunken im Schlamm und umspült von dem graubraunen Wasser das sich kräuselnd in der schwachen Strömung an den Flügeln bricht, liegt es da und erwartet die völlige Zerstörung durch die Kraft der Tropenhitze und den wochenlangen Wasserschwall des Monsunregens.

Etwas abseits am höheren Ufer lag das Grab des ehemaligen Jagdfliegers, ein Steinhügel und ein Kreuz aus zwei Holzbrettern.

Die Dorfleute erzählten dann die Geschichte des Fremden. Wie er gelebt hatte in einer der jetzt zerstörten Hütten und mit seinem Flugzeug Schmuggelgut, hauptsächlich Diamanten über die Grenze nach Sambia geflogen hatte.

Die Maji-Maji, die schlimmste aller Rebellengruppen, die schwer bewaffnet in diesem Teil des Kongo herrschten, hatten das Dorf überfallen. Die Dorfbewohner konnten rechtzeitig in den Urwald flüchten, nur der Deutsche nicht. Er hatte einen schweren Malariaanfall und lag in seiner Hütte. Zum Glück war er bewusstlos, sodass er nicht leiden musste, als die Maji-Maji ihn enthaupteten.

Die Dorfleute hatten über die Jahre ein gutes, ja fast freundschaftliches Verhältnis zu dem Abenteurer entwickelt

und daher hatten sie ihn unter großer Anteilnahme
begraben.

Durch diese traurige Entwicklung änderten sich die weiteren
Pläne der Gruppe. Weiter stromabwärts konnten sie mit
dem Boot nicht. Stromschnellen machten ein Befahren des
Flusses unmöglich.
Daher blieb ihnen nur die Fahrt stromaufwärts. Am Oberlauf
des Kongo gab es eine Station der UN und da war auch der
einzige Flugplatz der mit den Versorgungsflugzeugen der UN
angeflogen wurde.
Es war die ehemalige Provinzhauptstadt Kisangani.
Das bedeutete, sie hatten eine Strecke von über 730
Kilometer vor sich.
Auf dem Landweg war das unmöglich denn die zahlreichen
Gruppen der Maji– Maji Söldner ermorden jeden, auch
Europäer mit großer Freude.
Es blieb nur der Kongo-Fluss.
Aber mit dem kleinen Boot war dies unmöglich. Auch wenn
sie zusätzliche Treibstofffässer an Bord nehmen würden, war
die Reichweite nicht groß genug.
Sie mussten versuchen eine Mitfahrgelegenheit auf einem
Schiff der UN zu bekommen.
Deprimiert fuhren sie zurück in Yolandas Dorf, aus dem sie
ihre Fahrt gestartet hatten.
Von Ihrem Vater wurden sie begrüßt, als wären sie Freunde,
oder jedenfalls alte Bekannte.

„ Wenn man das Boot noch mit vier großen Fässern belädt, könnte der Treibstoff bis Bolobo reichen. Dort gibt es eine UN Station. Ob es dort aber ein Schiff der UN gibt, das weiter stromaufwärts fährt, kann euch niemand sagen. Ich denke, es ist aber eure einzige Chance.

Irgendwann kommt sicher ein Versorgungsboot für die Station. Ihr müsst stromaufwärts bis Lukolela kommen. Dort hat es einmal einen Flugplatz gegeben. Ob der aber noch in Betrieb ist, weiß niemand."
Yolandas Vater sah bekümmert aus.
Die Chancen den Kongo zu verlassen standen nicht gut.
Zurück nach Kinshasa konnten sie nicht. Ihre Ankunft würde den Killern der ETA sofort gemeldet werden und gegen die gut bewaffneten ETA- Leute hätten sie keine Chance.
Yolandas Vater hatte recht. Sie mussten versuchen mit dem Boot bis Bolobo zu kommen. Dort würde sich schon eine Möglichkeit finden, weiter stromaufwärts bis Kisangani zu kommen.
Sie besprachen sich mit Yolandas Vater und der willigte ein, ihnen sein Boot zu leihen. Hendrik kaufte vier Fässer Dieselöl und nach kurzem Zögern willigte auch Jabulu ein, sie nach Bolobo zu bringen.
Für die lange Fahrt kauften sie noch Proviant und für alle Fälle das altertümliche Maschinengewehr von der ehemaligen Polizeistation. In diesem Land war auch das ein Leichtes, niemand war darüber erstaunt, auch die

Dorfleutefanden es ganz in Ordnung. Das Geld dafür war ihnen sehr willkommen.

Der Abschied von Yolanda und ihrem Vater war sehr herzlich, so als wären sie schon lange befreundet gewesen.
Dann fuhren sie los, mit einem flauen Gefühl im Magen. Das verstärkte sich noch, als Hendrik das Maschinengewehr überprüfte. Der Teil der die Patronen weiter transportieren sollte, war festgefressen. Hendrik war gezwungen die Mechanik zu zerlegen. Alle Teile mussten mühsam von Rost und harten Rückständen gereinigt werden um dann gut eingeölt zu werden. Ein Vorgang, der offensichtlich noch nie gemacht wurde.
Als Hendrik die Teile wieder zusammengebaut hatte, überprüfte er alle beweglichen Teile und stellte erleichtert fest, dass alles einwandfrei funktionierte.
Damit hatten sie eine realistische Chance sich gegen alle Angreifer zu wehren. Und das waren außer den ETA- Killern auch noch andere Gruppen, die Horden der Maji-Maji.
„Ansichtssache, wer die gefährlicheren sind." Hendrik sah mit Erleichterung auf das Maschinengewehr und gab noch ein wenig Öl auf den Verschluss.
Der Fluss verbreitete sich zu einem See und die Strömung wurde kaum wahrnehmbar.

Für die Fahrt stromabwärts hatte sie zwei Tage gebraucht.
Stromaufwärts brauchten sie einen halben Tag länger.
Es war schon nach Mitternacht, als sie Kinshasa erreichten.
Die Lichter der Stadt spiegelten sich im Wasser des Kongo,
aber sie fuhren in der Mitte des Flusses, wo man sie kaum
vom Ufer aus sehen konnte. Der Flugplatz und damit die
Rettung aus dieser misslichen Situation war so nah, aber
doch für die Gruppe unerreichbar.
Langsam wanderten die Lichter stromabwärts, bis sie in der
Ferne verschwanden.

„Wir müssen einen Platz für die Nacht suchen, in der
Dunkelheit ist es zu gefährlich weiter zu fahren. Wir könnten
jederzeit auf eine Sandbank auffahren, auch die im Fluss
treibenden Bäume wären eine Gefahr für unser Boot."
Jabulu sah besorgt in die finstere Nacht und dann steuerte er
das Boot nach links in einen schmalen Seitenarm.
Er fuhr noch ein Stück in die Finsternis, in der man kaum die
nahen Bäume sehen konnte, bis es nicht mehr weiter ging.
Ein breiter Gürtel von ineinander verschlungenen Ästen
versperrte den weiteren Weg.
Jabulu stellte den Motor ab und bereitete mit Aglaya das
Abendessen.
Das Huhn, das ihnen Yolanda mitgegeben hatte, schmeckte
hervorragend und ein Glas Gin für die Verdauung ließ sie im
Moment die Sorgen vor den nächsten Tagen vergessen.

Pünktlich um achtzehn Uhr verschwand die Sonne hinter den Urwaldbäumen und übergangslos wurde es Nacht.

Als hätten sie nur darauf gewartet, überfiel ein riesiger Schwarm aggressiver Moskitos die Vier, die schimpfend unter ihre Moskitonetze krochen.

An Deck war es trotz der Moskitos noch erträglich. Die Hitze im Unterdeck war nicht auszuhalten. Dazu kam noch der Gestank nach Dieselöl.

Die nachtaktiven Tiere des Waldes erhoben ihre Stimmen. Ein Knurren, Pfeifen, Schreien kam aus der nahen Finsternis, übertönt von dem Todesschrei des Opfers eines Raubtieres.

Im Geäst eines nahen Baumes erklangen die schrillen Schreie der Affen. Der Leopard hatte sein Opfer gefunden. Sein Knurren klang so nahe, dass man meinen würde, er wäre neben ihnen auf dem Bootsdeck.

Am nächsten Morgen – die Sonne erschien gerade über den Baumwipfeln, fuhren sie los.

Aglaya bereitete das Frühstück – eine Tasse Tee und eine Mango. Der Laib Brot, den sie mitgenommen hatten, war schon von grünem Schimmel überzogen.

Die Feuchtigkeit war so hoch, dass sie in der Nacht das Gefühl gehabt hatten, im Wasser zu liegen.

Aber jetzt stieg die Sonne immer höher und bald waren ihre nassen Kleider wieder trocken.

Gegen Mittag stand die gelbe Scheibe der Sonne als glühender Ball genau über ihnen.

Es wurde unerträglich heiß. Alle suchten unter der aufgespannten Plane ein wenig Schatten, aber die Wasseroberfläche reflektierte die Hitze und bereitete ihnen Höllenqualen. Es war kaum auszuhalten.

So verging quälend langsam der Tag.

Die Zeit dehnte sich, die Minuten wurden zu Stunden und die Stunden zu Tagen.

Gegen Abend kamen sie zu einem Dorf. Eigentlich waren es nur vier Hütten, die sich in einer kleinen Dschungellichtung aneinander drängten.

Jabulu steuerte das Boot vorsichtig näher. Vielleicht konnten sie Früchte oder frisches Fladenbrot kaufen.

Aber von Frauen oder Kindern war nichts zu sehen. Vorsicht war geboten, es konnte sich um einen Vorposten der Maji-Maji handeln. Dann kamen sie aus dem umliegenden Dschungel. Sechs Frauen und vier Kinder. Sie erzählten von einem Überfall einer Horde schwer bewaffneter Männer, die die Männer des Dorfes sofort töteten und die Frauen vergewaltigten.

Sehr gerne hätte Hendrik die Gruppe mitgenommen, aber das war unmöglich – auf dem Boot war kaum Platz für sie selbst.

Außerdem war es höchst fraglich, ob sie auf dem Boot nicht in größerer Gefahr wären als im Dorf, aus dem sie schnell in den umgebenden Dschungel fliehen konnten. Natürlich war auch das nicht immer möglich, wie es sich gezeigt hatte.

Im Kongo sind die herumziehenden gesetzlosen Mörderbanden eine permanente Gefahr.

Es gibt niemand der sie zur Rechenschaft zieht, es gibt keine Polizei wie zu Zeiten der belgischen Herrschaft. So schlimm diese auch war, im Land herrschte Ordnung und die Gesetze wurden Eingehalten. Die Wirtschaft florierte, die Städte waren gepflegt und man konnte in Sicherheit über die damals noch vorhandenen Straßen durchs Land reisen. Viele Schiffe befuhren den Kongo und transportierten die Waren.

Heute sind die Städte verfallen, die Straßen existieren nicht mehr und der Schiffsverkehr auf dem Kongo ist eingestellt. Reisen durchs Land ist auf Grund der schwer bewaffneten herumziehenden Horden lebensgefährlich. Ebenso Fahrten auf dem Kongo.

Nachdem sie sich schweren Herzens verabschiedet hatten, steuerte Jabulu das Boot wieder in die Mitte des Flusses.

Schwarze Wolken waren plötzlich über dem Fluss und es wurde zusehends dunkler. Und dann begann es zu regnen. Schwere Tropfen fielen auf das Deck und das Trommeln schwoll an zu einem ohrenbetäubenden Stakkato.

Man konnte kaum einen Meter weit sehen. Der Bug des Bootes verschwand unter dem Schwall des herabstürzenden Wassers.

Und Plötzlich – so schnell wie es begonnen hatte, war es wieder vorbei.

Die Sonne brannte und schickte schmerzhaft heiße Strahlenbündel herab.

Den Rest des Tages verbrachten sie damit, alles zum trocknen auf das Deck des Bootes auszubreiten.
Hendrik reinigte mit sorgenvollem Gesicht das Maschinengewehr, das aber offenbar keinen Schaden erlitten hatte.

Maji-Maji

Die hölzernen Pfahlbauten tauchten ganz plötzlich aus dem Dschungel auf. Am Ufer befanden sich kleine Holzstege an denen Kanus aus ausgehöhlten Baumstämmen vertäut waren. Alles sah friedlich aus.

Sie legten an und vorsichtshalber holten sie ihre Gewehre aus dem Kasten unter der Reling.

Ein Junge in zerrissenen Hosen tauchte auf und fragte Hendrik ob er Zigaretten hätte.

Als der verneinte, zog der Junge enttäuscht wieder ab und als der Knabe in einiger Entfernung war, hörte Hendrik eine Frauenstimme, die sie einlud ins Dorf zu kommen.

Jetzt kamen auch mehrere Frauen und Kinder aus den Hütten und machten einladende Handbewegungen.

Olaf und Aglaya sprangen an Land und gingen auf die Frauen zu.

Jabulu folgte langsam und Hendrik zögerte etwas, bevor er vom Steg auf den Platz trat, der von den Hütten umrahmt war.

Alles schien friedlich.

Urplötzlich änderte sich die Situation.

Sie waren offenbar in ein Dorf der Maji-Maji geraten.

Ein Dutzend Männer mit Gewehren stürzten aus den Hütten und bildeten sofort einen Keil zwischen Aglaya mit Olaf und Jabulu mit Hendrik.

Sie lachten und schrien vor Freude über den unerwarteten Besuch einer weißen Frau in ihrem Dorf.

Unter lautem Gejohle schlugen sie Olaf zu Boden und vier Männer packten Aglaya, hoben sie hoch und trugen sie zu dem breiten Holztisch in der Mitte des Platzes. Während zwei Männer die erstarrte Frau auf den Tisch legten zog der dritte Mann seine Hosen herunter und drängte sich zwischen die Beine von Aglaya.

Mit zwei schnellen Sprüngen war Hendrik beim Boot und drei schnelle Schüsse aus seinem Gewehr rissen die Männer rund um Aglaya zu Boden.

Jabulu war nun ebenfalls wieder zurück im Boot und feuerte aus Aglayas Maschinenpistole in die Horde der brüllenden Maji-Maji Krieger, die blitzschnell in alle Richtungen davon liefen.

Der Platz war in Sekunden leergefegt, nur die Verwundeten lagen stöhnend am Boden.

Aglaya kam zitternd an Bord und Olaf kam ihr torkelnd nach.

Nur der Junge in den zerrissenen Hosen, der um Zigaretten gebettelt hatte, saß ruhig auf dem Tisch in der Mitte des Platzes und sah grinsend in Richtung Hendrik.

„Hast du jetzt Zigaretten für mich? Wenn du mir welche gegeben hättest, hätte ich euch gewarnt."

Jabulu hob seine Maschinenpistole.

„Wenn du nicht in einer Sekunde verschwunden bist, schieße ich dir die Eier weg. Dann kannst du nie mehr eine Frau vögeln, geschweige denn vergewaltigen."
Der Junge bedeckte mit beiden Händen die beschriebenen Körperteile und verschwand blitzschnell in einer Hütte.

So schnell als möglich legten sie ab und langsam verschwand das Dorf hinter den Uferbäumen.
„Verdammt, das war knapp. Wir müssen besser aufpassen. Aber der Vorfall zeigt wieder mit wem wir es in diesem Land zu tun haben. Mit Menschen, die keinerlei Hemmungen haben und glauben, dass ihre Waffen ihnen erlauben, jedes Verbrechen zu begehen und keine Gesetze zu befolgen."
Hendrik legte schützend seinen Arm um die immer noch verstörte Aglaya.

Sie fuhren zur Sicherheit noch ein Stück weiter und dann legten sie am Ufer, im Schutz eines Baumes an.
Jabulu warf die Angel aus und schon nach kurzer Zeit zog er einen großen hellen Fisch ins Boot.
Das sollte für ein üppiges Nachtmahl reichen. Hendrik öffnete die beiden letzten Flaschen Bier und alle hatten bald das zurückliegende Erlebnis überwunden.
Nur Aglaya stand begreiflicherweise noch unter Schock und beteiligte sich nicht an der folgenden Diskussion. Es war für alle unverständlich, wie weitgehend diese Gesetzlosen

bereits alle menschlichen Normen, ja Eigenschaften abgelegt hatten.

Diesen Fehler durften sie nicht noch einmal begehen. Aber alles im Dorf wirkte so friedlich und ruhig, dass sie sich täuschen ließen.

Nur Hendrik hatte kein gutes Gefühl und war deshalb auch zurück geblieben, in der Nähe der Waffen. Das hatte sie auch gerettet.

Am nächsten Tag begegnete ihnen ein großes Kanu. Es legte an der Seite ihres Bootes an und die beiden Ruderer, ein Mann und eine Frau hielten ihnen Körbe mit Obst entgegen. Bananen und Mangos sowie ein Huhn, das mit zusammen gebundenen Beinen ärgerlich mit den Flügeln schlug.

Sie kauften alles und erhielten dafür Informationen über die nächsten Stützpunkte der Maji-Maji.

Einige Kilometer stromauf soll es ein großes Lager dieser blutrünstigen Horden geben.

Sie bezahlten etwas mehr, als die Verkäufer verlangten und unter den erstaunten Blicken des Paares im Kanu legten sie ab.

Dann begingen sie einen verhängnisvollen Fehler.

Sie glaubten, dass die Maji-Maji sie nicht sehen würden, wenn sie am gegenüberliegenden Ufer das Dorf passieren würden.

Sie hatten, - wie sie hofften – unbemerkt in der Ferne die letzten Hütten passiert, da löste sich ein Motorboot vom anderen Ufer und kam raschnäher.

Hendrik löste die Plane über dem Maschinengewehr und kontrollierte den Verschluss. Olaf rollte den Patronengurt auf und legte ihn schussbereit auf die Bank neben dem Maschinengewehr.

Erst als das Boot in Schussweite war, eröffneten die Maji-Maji das Feuer. Die Vier suchten Schutz unter dem Schanzkleid der Reling und als die Maji-Maji das Feuer unterbrachen um einen neuen Patronengurt einzulegen, kam Hendrik aus der Deckung und feuerte aus nächster Nähe eine volle Salve gegen die Bordwand in Höhe des Wasserspiegels. Er hoffte damit ein größeres Loch in die Bordwand zu schießen und dass der Wassereinbruch die Besatzung vor so große Probleme stellen würde, dass sie abdrehen und die Verfolgung aufgeben würde.

Aber er hatte offenbar die Kiste mit Munition und Handgranaten, vielleicht sogar mit Landminen getroffen.

Es gab einen ohrenbetäubenden Knall und aus der Mitte des Bootes stieg eine meterhohe orangerote Feuersäule gegen den Himmel.

Wenige Augenblicke später war das Boot mit der Besatzung im Wasser verschwunden.

Kisangani, ihr Ziel schien ihnen in diesem Moment unerreichbar. Wie sollten sie noch weitere Angriffe dieser schwer bewaffneten Horden überleben?

Jabulu drückte den Gashebel bis zum Anschlag nach vorne. Erst nach einer Zeit reduzierte er die Drehzahl des Motors wieder, die Gefahr einer Überhitzung war zu groß. Aber ihr Leben konnte davon abhängen ob sie einen möglichst großen Abstand zum Dorf der Maji-Maji schaffen konnten. Aber ohne weitere Vorkommnisse fuhren sie die nächsten zwei Tage stromaufwärts. Die Maji-Maji hatten offenbar kein weiteres Motorboot.

Der Kongo zeigt die Zähne

Es krachte und knirschte, als das Boot in voller Fahrt die Sandbank rammte. Sie stiegen ins Wasser und mussten feststellen, dass ihnen das Wasser nur bis zu den Knien reichte.

Jabulu bemerkte sofort das Handtellergroße Loch im Rumpf, durch das Wasser einströmte.

Schimpfend verschwand er im Laderaum und tauchte wieder auf, mit einem großen ölgetränkten Lappen.

„Den müssen wir in das Loch stopfen, bis wir die Möglichkeit haben, die zerbrochene Rumpfplanke zu erneuern." Jabulu verschwand wieder im Rumpf und Hendrik und Olaf folgten ihm schwitzend.

„Wenn das Wasser im Boot zu hoch steigt, besteht die Gefahr, dass der Motor Schaden nimmt. Dann ist unsere Fahrt zu Ende." Hendrik kam hoch und seine Befürchtung trug keineswegs zur Laune der Anderen bei.

Jetzt waren sie in doppelten Schwierigkeiten, denn wenn jetzt ein Boot der Maj – Maj auftauchen würde, wären sie ein hilfloses Ziel und ohne Möglichkeit den Angreifern auszuweichen.

Hilflos mussten sie zusehen, wie sich ein großes Kanu vom Ufer löste und auf sie zukam.

Hendrik machte das Maschinengewehr schussbereit,

aber die Männer im Kanu hoben die Hände zum Zeichen ihrer friedlichen Absichten.

Es waren acht junge Burschen aus dem Dorf gegenüber. Dieses hatten sie völlig übersehen, so gut war es in dem dichten Wald versteckt.

Die Acht banden ihr Kanu am Boot fest und saßen abwartend da. Hendrik erklärte ihnen die Situation. Das Boot musste von der Sandbank gezogen werden um es am Ufer reparieren zu können.

Alles hing vom Gelingen ab. Der Rest der Reise, war nur mit dem Boot möglich, der Weg an Land zu gefährlich, mit Sicherheit würden die Maji-Maji sie töten. Gegen eine Horde schwer bewaffneter, kampferfahrener Mörder hatten sie keine Chance.

Um den Bug zu entlasten, trugen sie alle schweren Teile, vor allem die Kiste mit dem Werkzeug und die Kiste mit den Ersatzteilen, zum Heck. Die Fässer voll mit Treibstoff standen zum Glück in der Mitte des Bootes.

Zuerst rührte sich das Boot nicht vom Fleck, aber dann mit vereinten Kräften und mit der Unterstützung des Motors glitt das Boot langsam, zentimeterweise von der Sandbank herab.

Das Wasser drang nun schneller ins Boot.

Auch die hilfreichen Jungen erkannten die Gefahr und lotsten das Boot zu einer seichten Stelle am Ufer.

Hendrik warf ein Seil über einen dicken Ast des nächsten Urwaldriesen und mit Hilfe des Flaschenzuges aus der Werkzeugkiste hoben sie mit vereinten Kräften den Bug des Bootes aus dem Wasser.

Jetzt konnte man auch das Loch im Rumpf gut sehen.

Jabulu brachte eine Säge und ein Beil und nach kurzer, aber schweißtreibender Arbeit, hatten sie den gebrochenen Teil der Rumpfspante erneuert.

Bolobo

Zwei Tage später erreichten sie Bolobo.

Jabulu blieb im Boot und die Drei bestiegen den mit Unrat bedeckten Landesteg.

Die Holzbalken waren unter dem Einfluss des Tropenregens und den glühenden Strahlen der Sonne zu Staub geworden. Vorsichtig umrundeten sie die Löcher in den vermoderten Stellen der Planken.

Sie folgten der in der Hitze flirrenden Straße, die auf beiden Seiten von verdorrten Sträuchern und kahlen Bäumen eingerahmt war und erreichten nach kurzer Zeit die ersten Häuser.

Eine übel riechende Glocke lag über den Häusern. Die aufsteigende heiße Luft formte kleine Staubfahnen über der staubigen Straße.

Schief herunter hängende Fensterflügel, von grünem Schimmel überzogene Hauswände und eingestürzte Dächer boten ein trostloses Bild des Verfalls.

Ein Hauch des Todes lag über der ehemaligen Provinzstadt.

In einiger Entfernung saßen zwei alte Weiber vor der Tür eines halb verfallenen Hauses und sahen sie stumm und furchtsam an, als sie näher kamen.

Hendrik sah sie freundlich an und versuchte es mit Englisch.

„ Wo ist die UN Station?"

UN verstanden sie offenbar, denn sie zeigten in Richtung eines am Ende der Straße sichtbaren Kirchturmes. Vor dem Haus daneben wehte eine zerschlissene Fahne.

Als sie weiter gingen, stand plötzlich ein Dutzend in zerrissene Uniformen gehüllte Gestalten vor ihnen. Das geschah so schnell, dass die drei erschraken und ihre Waffen hoben.

Aber die Soldaten grüßten und eskortierten sie zum Gebäude der UN.

„ Was zum Teufel machen sie hier? Und wieso kommen sie zu mir?"

Der Leiter des Stützpunktes, ein etwa vierzig jähriger korpulenter Belgier war offensichtlich nicht erfreut so überraschend drei Weiße zu sehen.

Hendrik zeigte seine Papiere, die ihn als Leiter einer belgischen Polizei-Sonderabteilung auswies.

Aber der Belgier reagierte abweisend und mürrisch.

„Ich kann ihnen überhaupt nicht helfen und wenn die Maji-Maji kommen, kann ich nicht für ihr Leben garantieren. Mich kennen sie ja und haben mich bisher am Leben gelassen, aber das kann sich schnell ändern, wenn sie nun drei Weiße in meinem Haus sehen. Deswegen können sie auch nicht bei mir wohnen."

„ Das ist nicht sehr freundlich. Sie haben doch einige Soldaten für ihre Sicherheit."

Hendrik war über die schroffe Art des UN-Mitarbeiters verärgert.

„Im Abstand von einigen Wochen kommt doch ein Versorgungsschiff, mit dem können wir doch mitfahren bis Lukolela, der nächsten Stadt stromaufwärts?"

„ Wie man mir berichtet hat, haben sie doch ein eigenes Boot, mit dem sie hergekommen sind!"

„ Mit diesem Boot kommen wir nicht so weit, so viel Treibstoff kann es nicht bunkern. Mit vollem Dank und zwei Reservefässern sind wir gerade bis zu Ihnen, nach Bolobo gekommen."

„Mit dem Versorgungsschiff können sie aber nicht nach Lukolela mitfahren, das ist verboten. Ich kann ihnen das nicht erlauben. Und wie ich schon gesagt habe: Wohnen können sie auch nicht bei mir. Sie können ja auf ihrem Boot wohnen, denn hier in dieser Ansammlung von Ruinen gibt es natürlich seit langer Zeit kein Hotel mehr."

Hendrik überlegte gerade ernsthaft, ob er dem UN-Beamten eine entsprechend Antwort geben sollte, als sich die Tür öffnete und ein Mann mittleren Alters eintrat.

„Ich bin Pater Josef und es wäre für mich eine Freude, wenn sie mit mir ins Pfarrhaus kommen würden, da können sie auch gerne wohnen. Bei diesem unmöglichen UN-Beamten verschwenden sie nur ihre Zeit."

„Vielen Dank für ihr Angebot. Wir müssen nach Lukolela, da gibt es hoffentlich einen Flugplatz denn wir wollen so rasch als möglich zurück nach Belgien. Aber bis wir eine

Möglichkeit finden, nach Lukolela zu kommen, nehmen wir sehr gerne ihr Anbot an."

Hendrik wandte sich erfreut zu dem dunkel gekleideten Mann.

„Gibt es eine Möglichkeit von hier nach Sambia zu telefonieren?"

Der UN- Beamte drehte sich um.

" Ja, von meinem Büro haben wir eine Verbindung ins Ausland. Aber das geht über den Satelliten und ist nur für UN Mitarbeiter erlaubt."

Olaf trat nahe an den Beamten heran.

„Wir sind Polizisten im Auftrag des Internationalen Gerichtshofes in Den Haag. Wenn sie uns auch ein Telefongespräch verweigern, wird das für sie Folgen haben, denn dann werden wir uns im UN –Hauptquartier über Sie und ihre mangelnde Hilfsbereitschaft beschweren."

Olaf ballte die Fäuste und Hendrik fasste ihn am Arm, denn es sah so aus, als ob Olaf sich auf den Beamten stürzen wollte.

Leiser, aber doch so laut, dass der Beamte es zweifellos hören konnte, sagte er:

„Ich würde ihm auch gerne den Hals umdrehen, aber es lohnt sich nicht."

Ohne Gruß verließen sie das Büro.

Neben der Kirche, die tapfer gegen den völligen Einsturz kämpfte, stand ein Haus, das wuchtig und massiv sich sehr von den verfallenen Häusern unterschied. Schwere Gitter vor den Fenstern erinnerten an ein Gefängnis. In diesem Land vermittelten sie aber ein Gefühl der Sicherheit.

Der Pater brachte Getränke und Mango-Früchte und sie aßen und tranken mit großer Dankbarkeit. Wie groß war doch der Unterschied zwischen dem Beamten und dem Pater!

Dann gingen alle zur Anlegestelle und besprachen sich mit Jabulu. Das Beste war wohl, wenn sie ihn zurückschicken würden. Sie hatten absolut keine Chance, mit dem kleinen Boot nach Lukolela zu kommen. Die Entfernung war einfach zu groß. Und es gab keine Möglichkeit unterwegs Treibstoff zu tanken.

So verabschiedeten sie sich sehr herzlich von Jabulu und Hendrik gab ihm einen größeren Geldbetrag. Den wollte der aber zuerst nicht nehmen. Erst auf Drängen von Hendrik nahm er das Geld und umarmte alle.

Mit Vollgas verschwand er um die nächste Flussbiegung.

„Hoffentlich schafft er es bis nach Hause. Er hat nur mehr ein Fass Treibstoff."

„Aber er braucht weniger, da er flussabwärts mit der Strömung fährt und nicht wie bisher gegen die Strömung."

Hendrik sah ihm lange nach, dann wandte er sich jäh um.

„Jetzt müssen wir überlegen, wie wir von hier weg kommen. Dabei kann uns niemand sagen, ob es in Lukolela überhaupt einen Flugplatz gibt, der noch in Betrieb ist und auch von Internationalen Fluglinien angeflogen wird. Nur ein Inlandsflug nach Kinshasa wäre natürlich nicht hilfreich, die

ETA-Leute würden von unserer Ankunft sofort erfahren und mit Sicherheit nicht zögern, uns sofort zu erschießen"
„Ich glaube schon, denn die UN-Stationen entlang des Kongo müssen versorgt werden und das ist nur aus Sambia möglich. Dort ist auch das Hauptquartier der UN." Zum ersten Mal seit Langem hatte sich Aglaya zu Wort gemeldet.
Langsam gingen sie zurück, zum Haus des Paters.
Der wusste auch nicht, ob es in Lukolela einen Flugplatz gibt, der noch von internationalen Fluglinien angeflogen wird. Ein halbes Leben schon, war er hier und war noch nie von seinem Orden abgelöst worden.
Aber er sah seine Aufgabe darin, den Menschen zu helfen, auch den Maji-Maji. Die dankten es ihm dadurch, dass sie ihn am Leben ließen.

Hendrik beriet sich mit seinen Gefährten. Es sah im Moment nicht sehr gut aus. Die einzige Hoffnung war das Versorgungsschiff der UN. Irgendwann wird es kommen und bis dahin muss es ihnen gelingen den UN-Beamten umzustimmen. Mit Gewalt an Bord zu gehen wäre in Anbetracht der UN-Soldaten im Stützpunkt nicht ratsam.
Die Zimmer, die ihnen der Pater zuwies, waren im Kolonialstyl mit schon etwas zerschlissenen Möbeln eingerichtet, aber alles war sauber und gepflegt.
Nur im Bad gab es kein Wasser mehr. Die Rohre waren wahrscheinlich von Rost zerfressen und die Pumpe, die das

Wasser aus dem Brunnen in das Haus gepumpt hatte, war wohl auch schon längere Zeit defekt.

Aglaya und Hendrik hatten nun mehr Zeit, einander besser kennen zu lernen. Sie verbrachten viel Zeit mit langen Gesprächen und ihre Gefühle für einander vertieften sich. Aus den erotisch dominierten Gefühlen am Beginn ihrer Beziehung entwickelte sich ein tiefes Gefühl der Liebe.
Olaf hatte in einem alten Nebengebäude ein museumsreifes „Feuerwehrauto" entdeckt. Ein Holzkarren mit einer Pumpe, die man mit einem langen Griff von Hand bedienen musste.
Zur allgemeinen Überraschung funktionierte die Pumpe noch. Das eine Ende des Schlauches in den Brunnen geschoben, lieferte das Endstück einen breiten Wasserstrahl. Natürlich war viel Muskelkraft erforderlich.
„ Die Badewanne im ersten Stock zu füllen, erfordert einen stundenlangen, schweren körperlichen Einsatz, bei dem man mehr Schweiß produziert als die Menge Wasser in der Badewanne."
Olaf grinste breit. Und er war sicher, dass Hendrik die Mühe auf sich nehmen würde, falls Aglaya den Wunsch hatte, ein Bad zu nehmen.

Einige Tage später traf Hendrik den UN-Beamten.
Er saß am Ende des Steges und hatte eine lange Angel in der Hand.

„ Es ist meine Hauptbeschäftigung, mein Hobby. Was kann man hier am Ende der Welt schon anderes tun?"

Er sah Hendrik an und es schien für einen Moment, als ob er lächeln würde.

„Es ist auch mein Hobby, leider habe ich keine Angel."

Hendrik sagte es leichthin. Er erwartete auch keine besondere Reaktion.

Doch der UN-Beamte sah plötzlich sehr freundlich auf Hendrik herab, der sich neben ihm auf den Boden gesetzt hatte.

„Wenn es wirklich ihr Hobby ist, kann ich ihnen eine Angel leihen."

Van Husen, so hieß der Beamte, schien so verändert, dass Hendrik erstaunt aufsah.

„ Meinen sie das ernst? Ich wäre für eine Abwechslung sehr dankbar."

Und so saßen sie nebeneinander auf dem Steg und fischten. Der tägliche Fang war für das Mittagessen ausreichend. Alle waren zufrieden und das Verhältnis zwischen Hendrik und Van Husen besserte sich erstaunlich gut.

Der Beamte legte langsam seine herrische, sture Art ab und wurde fast freundlich, oder was er offenbar unter freundlich verstand.

Er erzählte von den einsamen Abenden und dem monotonen Dienst, der wenig Abwechslung bot.

Er war einsam und hasste die feuchte Hitze und die endlosen Monate der Regenzeit, in der man förmlich in seinem Haus eingesperrt war. Alles troff dann vor Feuchtigkeit und der allgegenwärtige, grauweiße Schimmel verbreitete einen widerlichen Geruch.

Er hatte einen Vertrag für fünf Jahre unterschrieben und zählte die Tage, die er noch bis zum Ende hatte.

Es war ein angenehm kühler Morgen, Van Husen hatte Hendrik gleich nach dem Frühstück abgeholt und nun saßen sie auf klapprigen Stühlen am Ende des Steges und hielten schweigend ihre Angelruten ins Wasser.

Im Laufe der Wochen, die sie nun bereits in Bolobo, diesem UN- Stützpunkt am Kongofluss verbrachten, waren sie etwas vertrauter geworden. Beileibe keine Freunde, dazu war Van Husen zu schwierig, in seinen Ansichten oftmals unverständlich, zu weit entfernt von vernünftigen Meinungen, und jedenfalls immer in Opposition. Er behauptete immer das Gegenteil von dem, was der Gesprächspartner sagte. Alle waren sich einig, er war nicht schwierig, sondern extrem schwierig. Vielleicht eine Folge der langen Einsamkeit im Dschungel.

Trotzdem verband sie so etwas wie eine seltsame Toleranz. Van Husen erzählte von seinem einsamen Leben in dreckigen Pensionen. Von seinem trostlosen Leben und seiner Arbeit in einem unbedeuteten UN Büro in einer Nebengasse am Rande von Brüssel. Er hatte es daher als einmalige Chance empfunden, als man ihm die Stelle als Leiter einer UN-

Station anbot. Als er hier ankam, in einem verdreckten, verlassenen Nest, im Nirgendwo der Demokratischen Republik Kongo und realisiert hatte, wo er war und wie sein weiteres Leben verlaufen würde, hatte er resigniert, einfach aufgegeben.

Er klammerte sich an seine Vorschriften, in der Hoffnung, dass dies von vorgesetzter Stelle bemerkt und auch honoriert werde. Aber auch das hatte sich in den langen Jahren seines Dienstes nicht erfüllt. Es schien, als hätte man ihn vergessen.

Übergangslos erzählte er dann von den Erlebnissen und Geschichten während seiner Amtszeit.

Von dem Kloster, ein Stück stromaufwärts.

Die Maji-Maji hatten es überfallen und die Nonnen vergewaltigt und anschließend an die schwere Holztür genagelt.

Die gleichen Nonnen, von denen sie als Kinder und Halbwüchsige unterrichtet und liebevoll umsorgt worden waren.

Einige meinten sogar, dass die Nonnen eigentlich froh und auch dankbar sein sollten. Denn sie durften so sterben, wie der Gottessohn Jesus, von dem sie so viel erzählt hatten.

Von diesem Jesus hatten sie nie viel gehalten.

Wie war es möglich, dass der Sohn eines Gottes so erbärmlich sterben musste? An ein Kreuz genagelt und der

Vater, angeblich ein mächtiger Gott, konnte es nicht verhindern?
Da waren ihre Götter sicher mächtiger.

Oder die Geschichte der Goldsucher.
Mit dem Versorgungsschiff waren sie eines Tages angekommen. Fünf junge Belgier zwischen fünfundzwanzig und dreißig. Mit einer umfangreichen Ausrüstung, Siebe, Schaufeln und langen halb offenen Röhren, in denen sich die Goldkörner sammeln sollten.

Sie durchsuchten die umliegenden Bäche und kleinen Flüsse. Und tatsächlich, sie fanden Gold. Die Arbeit war unglaublich anstrengend, in dieser feuchtheißen, feindlichen Umwelt. Sie schliefen in Zelten, immer bedroht von giftigen Schlangen, Spinnen und sonstigen gefährlichen Tieren wie Krokodilen und Leoparden.
Aber am schlimmsten waren die Malaria- Anfälle und die Probleme mit Bakterien und Viren, eine Folge des verseuchten Trinkwassers aus dem Fluss.
Aber nach einigen Wochen hatten sie einen dicken Lederbeutel voll hell glänzender Goldkörner. Wohl schon ein kleines Vermögen wert.

Die Maji-Maji erschienen so schnell und überraschend, dass die Belgier keine Zeit hatten, ihre Schaufeln gegen die Gewehre zu tauschen.

Der Anführer der Maji-Maji trat drohend vor, mit der Kalaschnikow im Anschlag und musterte sie mit unbeweglicher Mine. Er wollte wissen, was sie hier machen und als sie ihm den Beutel mit Gold zeigen mussten, befahl er den Belgiern die Grube tiefer zu graben. Bei einer Tiefe von zwei Meter stoppte er und verlangte dass sie die Schaufeln hinaufreichten.

Und dann begruben sie die schreienden Männer. Nur der Kopf ragte noch aus der Erde. Als die Unglücklichen von den Bewohnern des nächsten Dorfes gefunden wurden, waren alle tot. Die aus der Erde ragenden Köpfe boten einen furchbaren Anblick. Die Tiere des Urwaldes hatten die Schädel skelettiert.

Die UN–Verwaltung schickte daraufhin eine Strafexpedition.
Sie kamen mit einem kleinen Kanonenboot aus Lukulela. Eine schwer bewaffnete Truppe von fünfzig Mann kam langsam die Hauptstraße herauf und der Kommandeur, ein englischer Major mittleren Alters verlangte eine Unterkunft in der UN-Station.

Die Männer waren ein bunt zusammengewürfelter Haufen erfahrener und offenbar kampferprobter Männer. Ohne sich um den Protest Van Husens zu kümmern, belegten sie die gesamte UN-Station.

Am nächsten Tag begannen sie mit der Erkundung des Geländes. Alle militärisch wichtigen Geländepunkte wurden in die mitgebrachten Karten eingetragen. Und dann stießen sie auf die ersten Kampfgruppen der Maji-Maji.

Ohne eigene Verluste vernichteten sie mehrere Trupps. Die Erfahrung und die überlegene Bewaffnung halfen ihnen entscheidend.

Das Kriegsglück wendete sich erst, als die Maji-Maji immer mehr Krieger zusammenzogen. Aus allen Richtungen kamen schwer bewaffnete Trupps und brachten die Männer der Strafexpedition in immer größere Bedrängnis. In einer Straßenschlucht kam dann das Ende. Ein Soldat nach dem anderen wurde von den Kugeln getroffen und dann kamen die Schlächter der Maji-Maji und schnitten allen den Kopf ab. Nur der Major überlebte. Als die Kugel seine Hüfte traf, warf ihn die Wucht des Anpralls über die Böschung in den Graben. Dort blieb er bewusstlos liegen.

Nach dem Ende der Schlacht zogen die Maji-Maji lärmend ab und der Major erwachte aus seiner Bewusstlosigkeit. Die Wunde schmerzte höllisch und blutete stark.

Notdürftig stillte er die Blutung und schluckte ein Schmerzmittel aus seiner Tasche.

Er erreichte die UN-Station nach drei Tagen und dort starb er. Der Blutverlust war wohl zu groß gewesen.

Der Angriff der Maji-Maji

Van Husen saß neben Hendrik auf einem wackeligen Holzsessel am Ende des vermorschten Anlegesteges und freute sich gerade über einen großen Fisch an seiner Angel.

Hendrik stand auf, um einen Behälter zu holen in dem sie den Fisch nach Haus tragen konnten.

Am anderen Ende des Steges blieb er stehen. Eindeutig – das Geräusch eines Motors.

Ein größeres Boot bog um den vorspringenden Urwaldriesen vor dem Steg und die Besatzung schoss sofort.

Hendrik sah noch, wie Van Husen in seinem Stuhl sich aufbäumte. Dann warf er sich auf den Boden. Die Kugeln pfiffen über ihn hinweg.

Hinter sich hörte er einen leisen Schrei. Es war die Stimme einer Frau und erinnerte ihn an Aglaya.

Ein Dutzend Soldaten stürmte herbei und eröffneten das Feuer. Dann kam Olaf und robbte zu Hendrik. In der Hand das Gewehr mit dem Zielfernrohr.

Immer mehr Soldaten kamen, aber auch aus dem Schiff kamen dutzende zerrissene Gestalten mit Kalaschnikow – Gewehren in den Händen.

Auf beiden Seiten gab es Verwundete und Tote und langsam schienen die Angreifer vom Boot die Oberhand zu gewinnen.

Hendrik hatte nicht vorgehabt, sich an den Kämpfen zu beteiligen, aber jetzt war es offenbarnotwendig.

Die Angreifer würden alle Menschen im Dorf töten, falls sie den Kampf gewinnen sollten.

Auch Aglaya und Olaf. Er mochte gar nicht daran denken.

Ruhig nahm er den vordersten Angreifer ins Visier und drückte ab. Der Mann, der gerade einen Soldaten enthaupten wollte, fiel um wie ein morscher Baum im Wind.

Nachdem Hendrik die erste Reihe der Angreifer ausgeschaltet hatte, gewannen die Soldaten wieder die Oberhand und es dauerte nur kurze Zeit, bis auch der letzte Angreifer unter den Kugeln der Soldaten zusammenbrach.

Die Soldaten durchsuchten das Schiff, aber es gab keine Überlebende.

Erst jetzt konnte Hendrik zurück gehen, um nachzusehen, wer zu Beginn des Schusswechsels geschrien hatte.

Sein Herz begann zu rasen, es war Aglaya, die am Boden lag. Aus einer Wunde tropfte hellrotes Blut. Es war ein Bauchschuss. Er hob Aglaya hoch und trug sie zurück zum UN-Büro. Hier gab es Schmerzmittel und Mullbinden zum Versorgen der Wunde. Sie war bei Bewusstsein und sah ihn zärtlich an.

Sie musste so schnell als möglich ärztliche Behandlung bekommen und da gab es nur eine Möglichkeit.

Das Telefon der UN – Station.

Das war in einem versperrten Seitenteil des breiten Schreibtisches.

Er machte sich nicht die Mühe, den Schlüssel zu suchen und brach mit seinem Messer die Tür auf.

Das Gespräch mit der UN – Station in Lusaka war kurz.

Vier Stunden Später landete der Helikopter mit dem roten Kreuz über dem UN Zeichen direkt auf dem Hauptplatz vor der Kirche.

Der Arzt sprang heraus und gemeinsam trugen sie die leise stöhnende Aglaya in den Flieger. In der Eile hätten sie fast auf Olaf vergessen, der laut schimpfend mit den Rucksäcken zum Flugzeug keuchte.

Mein Gott, jetzt erst dachte Hendrik an die Rucksäcke, in denen alle Ergebnisse ihrer gefährlichen Reise waren, mit den Beweisen für die verbrecherischen Waffenlieferungen des ETA-Konzerns.

Drei Stunden später landeten sie in Lusaka. Das Ambulanzauto der UN brachte die stöhnende Aglaya ins Spital der UN. Und vier Stunden später war sie bereits operiert.

Der Chirurg setzte sich auf die Bank neben Hendrik und meinte, Aglaya hätte großes Glück gehabt. Die Kugel aus der Kalaschnikow hatte kein lebenswichtiges Organ verletzt, und jetzt könne er hineingehen, sie sei bereits bei Bewusstsein und frage nach ihm.

Hendrik betrat leise das Zimmer, aber Aglaya hatte ihn schon gehört und sah ihn ruhig an. Dann sagte sie mit leiser Stimme: „ So schnell wirst du mich nicht los."

Auch Olav betrat nun das Zimmer, mit einem Strauß riesiger weißer Rosen. Gefolgt von einer schimpfenden Schwester: „ So etwas habe ich noch nie erlebt, der Kerl schneidet einfach die Blumen aus dem Beet neben dem Eingang ab." Aber als Olav sie umarmte und auf die Wange küsste, beruhigte sie sich schnell und brachte lachend Tee für alle.

Die folgenden Tage hatten Hendrik und Olaf viel zu tun. Sie ordneten alle Unterlagen und telefonierten lange mit ihrem Team in Brüssel.
Aglaya erholte sich sehr rasch und Hendrik bestellte die Tickets für den Rückflug nach Europa.

Zurück in Europa

Hendriks Team hatte sie vom Flugplatz abgeholt und nun saßen sie im Büro und besprachen das weitere Vorgehen. Die mitgebrachten Beweise waren ausreichend um gegen ETA vorzugehen. Aber sie hatten auch erfahren müssen, dass offenbar auch Richter von dem Konzern bestochen waren. Die Unterlagen, die sie aus Angola mitgebracht hatten, waren der Beweis dafür. Dieses Beweismaterial hatte ja der Untersuchungsrichter verschwinden lassen.

Sie würden diesen Fehler ein zweites Mal nicht mehr machen, aber wer war nun bestochen und wer nicht.
Das Wissen darüber war entscheidend für das weitere Vorgehen und letztlich auch für den Erfolg gegen ETA.
Aber alle Mühen, Strapazen und Gefahren die Hendrik und Olaf in Afrika erleiden mussten, sollten nicht vergebens sein. Das hatte sich das Team geschworen.
Aber die weitreichende Vernetzung des Konzerns durfte man keineswegs unterschätzen. Und die scheinbar unbegrenzten finanziellen Mittel machten ETA scheinbar unangreifbar.
Sie musste sehr vorsichtig sein und das Vorgehen sehr gut planen.

Und dann schlugen sie los.

Eine Hundertschaft Polizisten umstellte eine pompöse Villa im noblen Viertel von Brüssel, in dem die oberen Zehntausend wohnten, in Villen die sich an Größe und Ausführung überboten.

Hendrik läutete an der schmiedeeisernen Haustür und nach einer Zeit erschien ein verschlafener Hausangestellter und fragte in barschem Ton nach dem Grund ihres Läutens, schließlich sei es erst fünf Uhr Morgens.

Statt einer Antwort schob Hendrik ihn zur Seite und fünfzig Mann verteilten sich im Haus.

Alle Bilder wurden umgedreht, aber kein Tresor war dahinter.

Dann klopften sie die Wände ab, keine Hohlstelle war festzustellen.

Dann erschien der Hausherr, Richter Jan Meers und schimpfte sofort los:

„Das kostet sie ihre Stellung bei der Polizei, darüber hinaus werde ich sie solange verfolgen, bis sie auch privat und finanziell erledigt sind."

Unbeirrt suchten Hendrik und sein Team weiter. Irgendwo musste Jan Meers, der als Untersuchungsrichter alle Beweise und Unterlagen für

die verbrecherischen Waffenlieferungen des ETA- Konzern an die Rebellen in Angola verschwinden ließ, doch die Unterlagen versteckt haben.

Verloren hätten sie nur, wenn der Richter diese Unterlagen in der Zwischenzeit vernichtet hat.

Aber Hendrik war sich sicher, dass die Unterlagen noch existierten und im Haus versteckt waren.
Aber vergeblich suchten sie alle Stellen im Haus ab, wo ein Tresor eingebaut sein könnte.

Auch der Keller war sauber. Hendrik verglich die Hauspläne mit den baulichen Gegebenheiten. Alle Maße stimmten, es gab keine vermauerten Hohlräume.

Der Richter hatte alle Bemühungen mit einem höhnischen Gesichtsausdruck verfolgt und war Hendrik nicht von der Seite gewichen. Er war sich wohl absolut sicher, dass die Männer nichts finden würden.
Das zeigte er auch mit seiner überheblichen und selbstsicheren Körpersprache.
Hendrik hatte ihn genau beobachtet. Jede Unsicherheit oder leises Erschrecken wäre ihm nicht entgangen.

Etwas deprimiert ging Hendrik ins Badezimmer um sich die Hände zu waschen. Und da bemerkte er eine leise Unsicherheit des Richters, ein leichtes Erschrecken verlieh seinem Körper eine ungewollte, kaum merkliche Spannung.

Mit dem Instinkt des erfahrenen Kriminalisten begann er eine systematische Suche. Die Wände des Badezimmers waren mit emaillierten Metallfließen belegt. Mit einem

Metalldedektor war es somit nicht möglich, einen eingebauten Tresor zu orten.

Aber es wäre auch wenig sinnvoll einen Tresor so einzumauern, dass man immer die Fliesen auf- stemmen musste, wenn man in den Tresor wollte.

Es musste eine andere Lösung geben.

Hendrik wusch sich die Hände. Die Wasserhähne waren vergoldet, einer für Warmwasser, einer für Kaltwasser. Er öffnete die Verkleidung unter dem Waschbecken, ein leerer Raum mit zwei dünnen Wasserrohren.

Das gleiche bei dem Kasten unter der Badewanne.

Nur waren hier zwei dünne Wasserrohre und ein dickes Elektrokabel. Dieses war verbunden mit einem versteckt in der oberen Ecke des Kastens liegenden Hebel.

Als Hendrik diesen Hebel betätigte, bewegte sich langsam die Badewanne und gab einen über die ganze Breite der Wanne liegenden eingemauerten Tresor frei.

Der Schlüssel den der Richter an einer Kette um den Hals trug, öffnete die beiden Panzertüren.

Im linken Teil des Tresors fanden die Beamten große Bündel Banknoten in verschiedenen Währungen, im rechten Teil verschiedene Ordner, die Hendrik rasch kontrollierte.

Einer der Ordner enthielt die Angola-Unterlagen.

Ein anderer, dicker Ordner enthielt Aufzeichnungen über Schmiergeldzahlungen der ETA an den Richter für Urteile, die er offenbar zu Gunsten von ETAgefällt hatte.

Mit großer Genugtuung verhaftete Hendrik den Richter.
Der erhielt ein Einzelzimmer im Sicherheitsgefängnis des
Internationalen Gerichtshofes außerhalb von Den Haag, da
er um sein Leben fürchtete.

Damit hatten Hendrik und sein Team eine Schlacht
gewonnen, aber noch lange nicht den Krieg gegen einen
Gegner wie ETA, der seinen Einfluss und seine
unermesslichen finanziellen Mittel skrupellos einsetzte, ohne
den geringsten Skrupel und ohne Mitleid mit den
betroffenen Menschen. Profit machen war die einzige und
mächtige Triebfeder für ETA.
Die Führungsspitzen und der ganze Apparat des Konzerns
war darauf gedrillt noch mehr Profit zu machen. Und das
ohne die geringste Rücksicht auf Menschen, auch nicht auf
die eigenen Mitarbeiter. Nur der Erfolg zählte in den Etagen
der Führungskräfte.

Die Verhaftung der Konzernspitzen war zwar ein harter
Schlag, aber aus der zweiten Ebene drängten die Manager
mit Macht und allen Mitteln nach oben. Es war wie bei der
klassischen Hydra. Sobald ein Kopf abgeschlagen wurde,
kamen zehn neue nach.

Und der Kopf wurde abgeschlagen!

Der verhaftete Ex-Präsident mit seinen Vertrauten sollte zur Einvernahme von Den Haag nach Brüssel überstellt werden. Aus unerklärlichen Gründen begann das Polizeiauto auf der Raststation vor Den Haag zu brennen und es war nicht möglich die gepanzerten Türen aufzubrechen, auch die vergitterten Fenster widerstanden allen Öffnungsversuchen. Alle Insassen kamen bei diesem bedauerlichen „Unfall" ums Leben. Die genaue Brandursache konnte nicht festgestellt werden.

Der neue Präsident des ETA-Konzerns Mr.Ernst Herricht wurde von der Presse mit Zurückhaltung begrüßt.
Es gab da einige dunkle Punkte in seinem Leben, die nie aufgeklärt wurden. So hatte er als Vermögensberater viele Anleger um ihre Ersparnisse gebracht. Auch viele, die dabei ihre gesamten, in einem langen Leben mühsam erworbenen Ersparnisse verloren.
Es gab zahlreiche Selbstmorde aus Verzweiflung, viele Familien verloren ihre Häuser oder Wohnungen und wurden zu Sozialfällen.
Bei den darauf folgenden Klagen verliefen die gerichtlichen Untersuchungen im Nebel des Nichtbeweisbaren, schuldhaftes Verhalten konnte ihm nicht nachgewiesen werden.

Einige der Hauptbelastungszeugen und einige Börsenfachleute erlitten Unfälle und konnten sich als Folge der Verletzungen oder des Schocks an nichts mehr erinnern.

Der neue Präsident Mr. Ernst Herricht war offenbar der richtige Mann an der Spitze des ETA-Konzerns.
Hendrik und sein Team würden nicht noch einmal den gleichen Fehler begehen und die Originalunterlagen einem Untersuchungsrichter zu übergeben.

Sie erhielten einen Termin beim Oberstaatsanwalt, dem sie über ihre Arbeit und die Ergebnisse in Angola und im Kongo berichteten. Sie waren überzeugt- der ETA Konzern würde auf Grund der mitgebrachten Beweise des illegalen Waffenhandels schuldig gesprochen werden. Mit allen daraus resultierender Folgen. Auch eine völlige Zerschlagung des Konzerns schien möglich.

Der Oberstaatsanwalt sichtete die Unterlagen, sah sich die Fotos und Filme an und entschied, dass der zuständige Justizminister das weitere Vorgehen bestimmen müsse.

Einige Tage später wurde Hendrik mit seinen Mitarbeitern zu einer Besprechung mit dem Minister in dessen Amtsräume bestellt.

Die Macht der Konzerne

Der Minister hielt eine seiner berühmten Reden.

Er führte aus, dass das verantwortliche Führungsteam des Konzerns nicht mehr zur Verantwortung gezogen werden kann, da es ja bekanntlich diesen furchtbaren Unfall gegeben hatte, bei dem alle verbrannt sind.

Für die Verfehlungen dieses alten Führungsteams könne man weder den Konzern und schon gar nicht die jetzige Konzernleitung verantwortlich machen.

Es werde aber zum gegebenen Zeitpunkt eine parlamentarische Untersuchung geben.

Der Konzern habe sich gegen jede Mitschuld an den Verbrechen der alten Konzernführung verwahrt und darauf hingewiesen, dass jede Imageschädigung die sechstausend Arbeitsplätze der Mitarbeiter gefährden würde.

Hendrik und sein Team waren deprimiert, aber sie dachten nicht ans Aufgeben. Natürlich wussten alle, auch der Minister, dass nicht nur das alte Führungsteam für die Verbrechen des ETA Konzerns verantwortlich waren.

Aber die Drohung mit dem Verlust von sechstausend Arbeitsplätzen war schwerwiegend. Aber eine Säuberung der gesamten verbrecherischen Führungsschicht war nicht möglich, dazu war diese zu stark.

Hendriks Team überlegte alle Möglichkeiten, die sie noch hatten. Wie konnte man nachhaltig erreichen, dass die Waffenlieferungen nach Afrika gestoppt wurden, die für Millionen Opfer verantwortlich waren. Natürlich bedurfte es auch der Menschen, die diese Waffen gebrauchten, aber erst durch die modernen Waffen kam eine so große Zahl Menschen, unbeteiligte Frauen und vor allem Kinder ums Leben.

Allein in Angola eine halbe Million.

Skrupellos und nur auf Gewinn bedacht, liefern Waffenhändler alles was die Auftraggeber bezahlen können.

In Angola sind es Diamanten und im Kongo sind es Gold, Kupfer und wertvolle „seltene Erden." Diese benötigt die westliche Welt für Fernsehgeräte, Computer und Mobiltelefone.

Dafür bezahlen die Industrienationen hohe Preise.

Und dafür sehen alle über das Elend und die Verbrechen hinweg.

Bisher hatten sie nur einen Teilerfolg gegen den größten Waffenlieferanten, eben den ETA Konzern erzielt, aber sie würden nicht aufgeben, dazu waren sie entschlossen.

Aber wie konnte man die Strukturen des Konzerns soweit schwächen, dass dieser gezwungen war die Waffenlieferungen einzustellen?

Hendrik stellte viele unterschiedliche Vorgehen zur Diskussion, aber wirklich erfolgversprechend schien nur einer: Sie mussten beweisen, dass auch die neue Führungsriege weiter Waffen nach Angola und den Kongo liefern würde.

Nach den Erfahrungen der letzten Reise waren Hendrik und Olaf aber wenig begeistert, nochmals die beiden Länder zu besuchen.

Aber so wie es schien, gab es keine andere erfolgversprechende Lösung.

Es folgte eine Reihe von intensiven Aktivitäten des Teams. Viele Telefonate und Briefe gingen nach Afrika.

Und dann war es soweit:

Hendrik und Olaf saßen im Flugzeug nach Lusaka, der Hauptstadt von Sambia.

Erneut in Angola

Sie wurden schon am Flughafen in Lusaka von Leuten der UN- Station erwartet.

Hendrik sichtete noch schnell die mitgebrachte Ausrüstung für die Reise nach Angola und dann versuchte er über Satellitentelefon eine Verbindung mit dem Rebellenchef Jonas Savimbi herzustellen, den sie bei ihrer letzten Reise kennen und schätzen gelernt hatten.

Vorerst ohne Erfolg.

Er sichtete nochmals die Unterlagen die ihm sein Team über Savimbi mitgegeben hatte.

Dr. Jonas Savimbi hatte in Portugal Medizin und in China auf der berühmten Militärakademie in Peking studiert. Vor allem auf Grund seiner hervorragenden militärischen Ausbildung hatte die UNITA am Anfang große militärische Erfolge und kontrollierte seine Rebellenarme seit 1983 ein Drittel von Angola. Seine Rebellenarmee wurde auf 75 bis 300 tausend Mann geschätzt.

Nach dem Ende des Unabhängigkeitskrieges 1961 bis 1975 und dem Rückzug der Kolonialmacht Portugal wurde noch im Jahre 1975 die Unabhängigkeit Angolas erklärt.

Bei der darauf folgenden Wahl wurde die UNITA Partei von der linksgerichteten MPLA geschlagen und daraufhin bei der

Regierungsbeteiligung in Luanda überhaupt nicht berücksichtigt.

Daraufhin ging die UNITA-Partei in Konfrontation zur Regierung in Luanda und Savimbi gründete die Rebellenpartei UNITA.

In den 80er Jahren wurde die UNITA von den USA und dem damaligen Apartheitsregime in Südafrika unterstützt, während die MPLA von der Sowjetunion und Kuba unterstützt wurden. Zu dieser Zeit kämpften viele Kubaner auf Seiten der Regierungsarmee gegen die UNITA.

Angola ist bekanntlich reich an Diamanten, besonders die Gebiete, die von der UNITA kontrolliert wurden, somit war es leicht, die Waffen mit Diamanten zu bezahlen.

Die Unterstützung der Landbevölkerung für die Rebellen ging so weit, dass die Männer in den Flüssen nach Diamanten tauchten, um diese an die UNITA zu übergeben. Erst durch diesen Reichtum an Edelsteinen war es Savimbi möglich, große Mengen an Waffen zu kaufen.

Endlich gelang es Hendrik eine Telefonverbindung mit Savimbi herzustellen.

Dieser gab sofort seine Zustimmung für einen neuerlichen Besuch der Beiden und nannte ihnen den Treffpunkt „Wie letztes Mal".

Hendrik war sich nicht sicher.

Meinte er nun das Treffen in seinem Hauptquartier, sehr unwahrscheinlich, da zu gefährlich.

Oder meinte er den Ort, wo damals Hendrik und Olaf schwer krank vom UN Hubschrauber abgeholt wurden?

Unwahrscheinlich, denn die Koordinaten waren sicher auch der Regierung durch die Telefonate bekannt geworden und würden diese nicht zögern, sofort ihre Kampfflugzeuge zu schicken.

Es blieb nur der Ort an dem sie bei der ersten Reise vom UN-Hubschrauber abgesetzt wurden. Diese Koordinaten kannten nur die UN – Leute und wurden niemals telefonisch genannt. Von diesen drohte kein Verrat, denn dann würden sie auch Hendrik und Olaf in Lebensgefahr bringen.

Und Hendrik war sich sicher, dass Savimbi von ihrem Besuch auf dem falschen Hügel erfahren hatte.

Als der Hubschrauber auf dem Hügel aufsetzte, wurden sie schon umringt von einem Dutzend wilder Gestalten. Als sie ausgestiegen waren, zog der Pilot den Hubschrauber steil in die Höhe, die Krieger in ihren teilweise zerlumpten Uniformen waren ihm nicht geheuer, obwohl sie Hendrik und Olaf freudig begrüßten und umarmten. Dabei spürte Hendrik genau die Handgranaten in den Brusttaschen der freundlichen Krieger.

Diese führten die Beiden den Hügel hinab und plötzlich standen sie vor zwei Herkules Maschinen, den Transportflugzeugen die für den Transport schwerer Geräte und für die Landung auf kurzen Behelfspisten sehr gut geeignet waren.

Ein gutes Dutzend UNITA-Krieger entluden die beiden Frachtflugzeuge und öffneten sofort die Kisten.
Eine Menge der unterschiedlichsten Waffen stapelte sich auf dem Boden neben den Beiden Flugzeugen.

Hendrik und Olaf holten die Filmkameras aus ihren Rucksäcken und filmten zuerst die Männer. Erfreut und stolz ließen die es geschehen und die Beiden waren erleichtert und filmten sofort auch die Waffen und die beiden Flugzeuge.
Um auch das Datum zu dokumentieren, hielt Olaf eine Tageszeitung aus Sambia vor die Kamera.
Das müsste als Beweis ausreichen, dass die ETA auch unter der neuen Führung die Waffenlieferungen fortsetzte.

Vorerst mussten sie aber noch den Besuch bei Savimbi machen, um den sie ja im Telefongespräch gebeten hatten.
Der schickte ein Dutzend seiner Krieger, um die Beiden sicher in sein Hauptquartier zu bringen. Der Anführer war der Gleiche, den sie noch vom letzten Mal kannten.

Der umarmte Hendrik und berichtete seinen Leuten, dass Hendrik zuerst ihm das Leben gerettet habe, obwohl er schon auf der Landmine gestanden sei, und dann allen, indem er ihnen gelernt hatte, wie man einen Hubschrauber abschießen kann.

Und der hätte mit seinem Maschinengewehr und den tödlichen Napalmbomben wohl alle getötet.

Ein anstrengender Marsch durch einen scheinbar undurchdringlichen Urwald begann. Das kannten sie schon und Hendrik war froh, Aglaya nicht mitgenommen zu haben, obwohl diese unbedingt mitwollte.

Zuerst überquerten sie eine breite Lichtung. Die UNITA-Krieger kontrollierten in kurzen Abständen den Himmel und waren sichtlich nervös.

Endlich kamen sie wieder in dichten Wald und der erste Mann in der langen Reihe der Männer schlug mit seiner Machete einen schmalen Weg in das dichte Unterholz.

Sie überquerten einige schmale Flüsse und dann standen sie vor einem sehr breiten und wie es schien auch tiefen Fluss.

Von der gegenüberliegenden Seite lösten sich drei schmale Boote und überquerten rasch den träge dahingleitenden Fluss.

Die Begrüßung war wie immer sehr herzlich und der Austausch der Neuigkeiten war ein feststehendes Ritual.

Dann glitten die Boote wieder rasch zurück. Hendrik bewunderte die Kraft und Ausdauer der Ruderer, die keineswegs sehr muskulös waren.

Gegen Abend kamen sie an einem breiten Maisfeld vorbei, ein Zeichen dafür, dass ein Dorf in der Nähe sein musste.

Es war das Hauptquartier von Savimbi.
Aber sie sahen die Hütten erst, als sie davor standen. So gut waren diese unter den riesigen Bäumen des umgebenden Urwaldes versteckt.
Nur der große Platz in der Mitte war etwas auffallend.

Aus einer der Hütten löste sich die füllige Gestalt Savimbis, umgeben von seinen Sicherheitsleuten.
Die blickten zuerst grimmig und hoben ihre Kalaschnikows.
Erst als Savimbi Hendrik und Olaf umarmte, wurden sie etwas freundlicher, bemühten sich aber immer einen engen Kreis um ihren Anführer zu bilden.
Savimbi bat sie in seine Hütte, in der ein großer Metallkessel über dem Feuer hing. Der obligate Maisbrei, der nach gekochtem Papier schmeckt drohte ihnen.
In einer Ecke lag ein alter Mann auf einer Liege und in der anderen Ecke glänzte eine weis emaillierte Badewanne.
Hendrik erinnerte sich. Als einzigen Luxus erlaubte sich Savimbi täglich ein Bad in seiner Badewanne, die von seinen Leuten auch auf allen Reisen mitgenommen wurde.

Und es war bekannt, dass Savimbi immer gemeinsam mit seinen Kämpfern unterwegs war. Er war dabei, bei jedem Kampf, bei jeder Schlacht.

Das unterschied ihn von seinen Gegnern in Luanda.

Selbstverständlich verließen die Männer der Regierung niemals ihre sichere Festung in der Stadt, auch die Generäle mit ihrem umfangreichen Führungsstab vermieden es, Luanda zu verlassen. Nur die Söldner aus Kuba kämpften im Land und eine geheimnisvolle Truppe aus einem Staat im Osten flogen mit ihren MIG Flugzeugen Angriffe gegen die nur mit leichten Waffen ausgestatteten UNITA Kämpfer. Aber noch gefährlicher waren die Kampfhubschrauber, die auf Grund ihrer starken Panzerung unverwundbar waren.

Schwere Flugabwehrgeschütze hatte die UNITA nicht. Und natürlich auch keine Boden-Luft Raketen.

Diese Gedanken unterbrach Savimbi, indem er ihnen den Mann auf der Liege vorstellte.

„Das ist mein Vater. Er ist seit Anfang dabei, aber nun neigt sich sein Leben dem Ende zu. Seine Kräfte nehmen von Tag zu Tag ab. Aber er sagt, nun kann er sich bald ausruhen. Ausruhen von einem schweren Leben, einem harten entbehrungsreichen Leben, in dem er immer Angst hatte um mich, seinen geliebten Sohn. Die schrecklichste Vorstellung, die größte Angst hatte er, dass er mich begraben muss. Angst, dass ich vor ihm getötet werde, vor ihm sterbe. Dieser

Schmerz war unerträglich für ihn, begleitete ihn bei jedem Kampf.

Und jetzt ist er ruhig und dankbar. Er wird vor mir sterben."

Der große Heerführer und erbarmungslose Krieger hielt die Hand seines Vaters und weinte.

Sein Vater war gerade gestorben.

Das große Totenfest wurde still von allen gefeiert. Und ruhig nahmen sie Abschied als der Leib des alten Mannes in die ausgehobene Grube gelegt wurde.

Und still gingen sie zurück in ihre Hütten.

Am nächsten Tag gingen Hendrik und Olaf durch das Camp. Erstaunlich war die Ordnung im Lager und das disziplinierte, höfliche Verhalten der Krieger ihnen gegenüber. Offenbar war es niemand entgangen, dass Savimbi die beiden Fremden freundschaftlich und so besonders zuvorkommend behandelte.

Sie verlebten einige Tage in Gesellschaft von Savimbi, der ganz offensichtlich froh war, Gesprächspartner zu haben. Und langsam lernten sie ihn besser kennen. Einen sehr gebildeten und hoch intelligenten Mann.

Er hatte in seinem Reich so etwas Ähnliches wie eine kommunistisch geprägte sozialistische Gesellschaft geschaffen.

Alles gehörte allen gemeinsam und die ärztliche Versorgung war für alle kostenlos.

Jonas Savimbis Tod

Am zweiundzwanzigste Februar 2002, wurde in Lucusse, Provinz Moxico der Tod eines Mannes zum Drama, welches das ganze Land Angola in eine tiefe Krise stürzte. Eine der schillerndsten Persönlichkeiten, ein charismatischer Führer in Schwarzafrika wurde bei einem Angriff der Regierungstruppen getötet. Von seinen Leuten wurde er bewundert und verehrt wie kaum ein anderer Heerführer und Politiker. Von seinen Gegnern wurde er gefürchtet und gehasst, vor allem von der Regierung in Luanda, ob seines Rückhaltes in der Bevölkerung.

In ähnlicher Art schrieb die Weltpresse über das Drama, das sich Ende Februar im Herzen von Angola ereignete.

Hendrik und Olaf waren an diesem denkwürdigen Tag im Hauptquartier von Savimbi.

Es war ein heller freundlicher Morgen, Hendrik und Olaf hatten mit Savimbi gefrühstückt. Wie immer hatten sie ein interessantes Gespräch mit diesem Mann, den sie allmählich sehr bewunderten. Anschließend schlenderten sie gemütlich durch das Dorf, genossen die freundlichen Grüße und Zurufe der Bewohner und dachten keineswegs an eine Heimreise.

Einer der Scharfschützen lud sie ein, sein Nest, wie er es nannte zu besichtigen.

Neugierig folgten sie dem Mann.

Bald aber bereuten sie ihre Neugier.

Der Scharfschützenstand war hoch in einer Astgabel eines Urwaldriesen. Und nur über eine hin und her schaukelnde Strickleiter zu erreichen.

Als sie oben angekommen waren, in einem nestartigen Verbau aus ineinander verflochtenen Ästen, hatten sie Mühe ihr Schwindelgefühl zu unterdrücken. In dieser Höhe schwankte der Baum bei jeder Bewegung. Wie konnte man da an einen Präzisionsschuss denken?

Aber der Scharfschütze versicherte ihnen, dass dies absolut möglich sei – man muss nur das Schwanken berücksichtigen.

Der Blick über das Dorf war einmalig, ein Dorf voller Ruhe und Beschaulichkeit. Obwohl sie sehr hoch über dem Dorfgeschehen waren, konnten sie das fröhliche Lachen der Kinder hören, kein Unterschied zu den Kindern in einem Dorf irgendwo in Deutschland.

Sie fühlten sich unglaublich wohl, an das leichte Schaukeln hatten sie sich gewöhnt, im Gegenteil, sie empfanden es als angenehm und ein wenig einschläfernd.

Wie ein Keulenschlag stieg plötzlich das Knattern von Hubschraubern aus dem umgebenden Urwaldbäumen zu ihnen hoch.

In sehr geringer Höhe, knapp über den Wipfeln mussten die Kampfhubschrauber geflogen sein, denn erst als sie vor dem Dorf auftauchten, konnte man sie hören.

Sie schossen sofort.

In heilloser Angst flohen die Bewohner in den umgebenden Dschungel, nur die Krieger blieben und feuerten zurück.

Aber gegen die Kampfhubschrauber hatten sie keine Chance.

Savimbi war aus seiner Hütte herausgetreten, in der Hand eine Maschinenpistole.

Als ihn die erste Kugel traf, ging er leicht in die Knie und lehnte sich an die Wand der Hütte.

Erst jetzt hatten ihn die Regierungssoldaten entdeckt und einige schossen mehrere Salven aus ihren Maschinengewehren gegen die Brust des noch immer stehenden Savimbi.

Jeder Einschlag erzeugte einen roten Fleck auf dem weißen Hemd, das sich langsam rot färbte.

Langsam, wie in Zeitlupe fiel Savimbi nach vorne auf sein Gesicht. Und die Soldaten schossen immer noch auf den Sterbenden.

Während Hendrik und Olaf vor Entsetzen wie gelähmt waren, zog Arami der Scharfschütze langsam die Strickleiter hoch.

„Wir können nichts mehr tun, ich kann nur versuchen sie, die Freunde von Savimbi zu retten. Er hätte es sicher so gewollt."

Langsam band er das Ende der Strickleiter an einen Ast und bedeutete den Beiden, sich auf den Boden zu legen und jedes Geräusch zu vermeiden.

Nach endlos langer Zeit, so schien es den Männern auf dem Baum, kletterten die Soldaten in die Hubschrauber und in kurzen Abständen stiegen diese knatternd in den Himmel.

Sie warteten noch einige Zeit, dann löste der Scharfschütze das Seil und die Strickleiter glitt nach unten.

Vorsichtig waren einige Dorfleute aus dem Dschungel zurück gekommen und sahen nach den Männern, die verstreut auf dem Boden lagen.

Es gab keine Überlebenden.

Hendrik, Olaf und der Scharfschütze kletterten vorsichtig die Strickleiter hinab und langsam gingen sie an den versteinerten Dorfleuten vorbei, die stumm die Leichen einsammelten.

In der Mitte des Platzes, wo vor kurzem die Hütte von Savimbi gestanden hatte, war alles verbrannt. Nur in einer Ecke lagen noch ihre Waffen. Offenbar hatten die Soldaten diese in dem Berg von Asche übersehen.

Die Speicherkarten mit den Bildern der Frachtflugzeuge mit den ETA Aufschriften und ETA Kennzeichen trugen sie in wasserdicht verschweißten Beuteln um den Hals, ebenso die Pässe und die Dollarscheine, aber die gesamte übrige Ausrüstung war in Savimbis Hütte gewesen.
Eine große Blutlache neben der Tür zeugt von den letzten Minuten Savimbis. Die Leiche hatten die Soldaten offenbar mitgenommen.

Arami, der Scharfschütze war ihnen gefolgt und drängte auf einen schnellen Aufbruch.
Die Hubschrauber können jederzeit wieder zurück kommen um mit Napalmbomben den Rest des Dorfes
In Brand zu setzen.
Noch unter dem Schock des eben erlebten kamen sie nur langsam wieder in die Gegenwart zurück.

Aber Arami hatte Recht, sie mussten so schnell als möglich das Dorf verlassen.
Die Hitze des Tages wurde langsam unerträglich. Der Pfad, den sie vor einigen Tagen gegangen waren, schlängelte sich durch eine grüne Wand, die mit Dornen und Blättern versuchte, sie festzuhalten.
Dieser fluchtartige Rückweg erschien ihnen endlos lang und als sie am Abend ihr Lager aufschlugen, waren sie so müde, dass sie es erstmals versäumten, die Umgebung nach Schlangen abzusuchen.

Ohne Zelt, Moskitonetz oder Decke, legten sie sich auf den Waldboden und waren sofort eingeschlafen.

Sie erwachten von den Schreien einer Affenherde und ohne Frühstück gingen sie sofort weiter.

Sie kamen zu einer Brücke über einen breiten Fluss mit starker Strömung, und sie erinnerten sich, dass sie hier viele Landminen gefunden hatten. Halb im Sand vergraben, hatten sie einige am Weg ausgegraben und in die Mulde neben der Brücke gelegt.

Aber die Mulde war leer, sie konnten keine einzige Mine mehr sehen.

Der tägliche Regen hatte sie wohl wieder mit Sand bedeckt.

Diese Landminen hatten vielen das Leben gekostet. Meist sah man nur den Auslöseknopf aus dem Boden ragen und sehr oft war auch der von einer dünnen Schicht Erde oder Sand bedeckt.

Eine heimtückische und tödliche Gefahr.

Und davon gibt es Millionen in Angola.

Bei der Schlacht von Cuito Cuanavale im März 1988 zwischen angolanischen Streitkräften, die von 40.000 kubanischen Streitkräften sowie von SWAPO und ANC Kräften unterstützt wurden, und den UNITA Streitkräften, die von südafrikanischen Streitkräften unterstützt wurden, waren die Verluste auf allen Seiten sehr hoch. Es kam zu keiner Entscheidung, und sämtliche am Konflikt beteiligten begannen im großen Umfang Panzer- und Personenminen zu verlegen.

Großflächig vermint wurde unter Anderem die Provinz Cunene um Xangango, wo in einem Abstand von nur drei Metern   Minen verlegt wurden. Ohne System, ohne Aufzeichnung. Eine besonders heimtückische Art, die noch Jahre später zahllose Menschenleben gefordert hat und noch fordern wird. Großflächig wird es wahrscheinlich nie möglich sein alle Minen zu räumen.

Daran dachten die Drei bei ihrem weiteren Marsch und verstärkten ihre Vorsicht.

Der Hunger nagte in ihren Eingeweiden, aber noch ärger war der Durst. Sie mussten das Wasser aus dem Fluss trinken. Hendrik erinnerte sich an die Probleme die sie bekommen hatten, als sie bei ihrer letzten Reise Wasser aus dem Fluss getrunken hatten. Aber der Durst war zu groß.

Am dritten Tag erlegten sie ein kleines Krokodil und als sie den Schwanz über dem Feuer brieten, kamen langsam ihre Kräfte zurück.

Am vierten Tag erreichten sie die Landepiste, auf der die Flugzeuge der ETA gelandet waren. Mit Unmengen tödlicher Waffen in ihren Laderäumen.

Jetzt war der Platz leer und nichts deutete darauf hin, dass hier vor kurzem Transportflugzeuge gelandet waren.

Nun war es ein Leichtes den Hügel zu finden, wo sie der Hubschrauber der UN bei ihrer ersten Reise abgesetzt hatte.

Zwei Stunden nach dem Hilferuf mit dem Funkgerät setzte der Hubschrauber auf dem Hügel auf.
Arami verabschiedete sich, er wollte lieber in Angola bleiben und gegen die Regierung kämpfen.

In Lusaka kamen sie sofort ins Spital der UN. Das Flusswasser hatten sie auch dieses Mal nicht vertragen.
Es dauerte eine Woche, bis sie die Heimreise antreten konnten.

Wieder zurück in Belgien

Diesmal wollten sie es besser machen. Keinem korrupten Richter sollte es diesmal gelingen, die Beweise für die neuerlichen Waffenlieferungen der ETA verschwinden zu lassen. Auch unter der neuen Konzernführung gingen die Verbrechen weiter. Das hatten Hendrik und Olaf unter Einsatz ihres Lebens bewiesen. Niemand, auch keinem Politiker sollte es gelingen die Zerschlagung des verbrecherischen Konzerns zu verhindern. Das hatte sich Hendrik und sein Team geschworen.

Aber es würde nicht leicht werden. Die Macht des ETA-Konzerns war nicht zu unterschätzen.

Als erstes machten sie von allen Beweismitteln Kopien.

Die Originale kamen in den Tresor der Nationalbank. Nur mittels eines Codewortes und auch nicht mit einem richterlichen Beschluss konnte man dieses Spezialschließfach im Tresor der Nationalbank öffnen.

Ein kurzer Besuch beim Oberstaatsanwalt brachte kein Ergebnis. Der verwies sie sofort an den Justizminister und der wollte keine Sofortmaßnamen vornehmen, aber er versprach, die Angelegenheit prüfen zu lassen.

Einer Hausdurchsuchung in den Räumen der ETA und einer Einvernahme der Manager in der Führungsetage des Konzerns wollte er nicht zustimmen.

Damit hatten Hendrik und sein Team gerechnet, so enttäuschend es auch war.

Hendrik und Olaf fuhren nach Den Haag, wo sie beim Europäischen Gerichtshof eine offizielle Anklage gegen ETA einbrachten.

Es dauerte nur einige Tage, bis sie der Richtersenat zu einer ersten Einvernahme lud.

Man wollte alles ganz genau wissen, jedes Detail wurde hinterfragt. Was war diese Spezialabteilung der Interpol, der sie angehörten und wieso hatten sie sich so eingesetzt, auch unter Lebensgefahr?

Erstaunlicherweise war es für die Richter schwer verständlich, dass hohe Beamte unter Einsatz ihres Lebens Waffenlieferungen ins ferne Afrika verhindern wollten. Wieso kämpfte man so energisch gegen den ETA Konzern, wo doch allgemein bekannt war, dass viele Waffenlieferanten aus fast allen Ländern der Welt in Afrika aktiv sind. Und alle zu bekämpfen sei doch unmöglich. Also, wieso gerade ETA?

Irgendwo müsse man beginnen und Eta liege in ihrem Bereich, entgegnete Hendrik.

„ Aber es würde vielen Menschen in Afrika das Leben retten, wenn man sich dazu weltweit dazu entschließen könnte, massiver gegen Waffenlieferanten vorzugehen, aber das würde wohl gegen die wirtschaftlichen Interessen einiger Staaten sein, die wohl nicht offiziell Waffen in Krisengebiete liefern, aber über Konzerne wie die ETA sehr wohl Waffen nach Afrika und andere Staaten liefern." Hendrik wurde wütend, auch weil er langsam an den Erfolg ihrer Arbeit zu zweifeln begann.

War es denn möglich, dass alle den wirtschaftlichen Erfolg höher bewerteten als das Leid von Menschen?

„Ich werde nicht aufgeben und alles tun um die V verbrecherischen Waffenlieferungen nach Afrika zu unterbinden. Wenn sie nicht bereit sind, gegen ETA vorzugehen, werde ich der Weltpresse alle Unterlagen übergeben. Und auch nicht verschweigen, dass die zuständigen Gerichte nicht bereit sind, aktiv zu werden."

Der Richtersenat war empört und erklärte, er müsse das als Drohung bewerten, mit allen rechtlichen Konsequenzen und erklärten das Gespräch für beendet.

Hendrik begann umgehend mit seinem Kampf für Gerechtigkeit.

Das staatliche Fernsehen zögerte und erklärte, man werde mit der internen Rechtsabteilung den Fall klären. Wahrscheinlich werden sie auch prüfen, wie hoch die Werbeeinschaltungen von ETA sind, vermutete Hendrik.

Langsam begann er zu zweifeln, ob sie je Erfolg haben werden.

Höchstwahrscheinlich hatte ETA in der Zwischenzeit alle Informationen über Hendriks neuerlichen Angriff gegen den Konzern erfahren und setzte alle ihnen zur Verfügung stehenden Mittel ein. Ein zweites Mal sollte es Hendrik nicht gelingen gegen ETA Erfolg zu haben.

Jetzt erst sah Hendrik die wirkliche Macht, die Verbindungen und das Netzwerk das dieser Konzern haben musste. In wie vielen Ländern hatte er wohl das Sagen, in wie vielen Ländern hatte er wohl Einfluss auf höchste Kreise, oder sogar auf Regierungsmitglieder?

Und dann begann der Angriff der ETA.

In einer auflagenstarken Zeitung schrieb man über eine geheimnisvolle Sonderabteilung der Interpol, die von keiner Stelle kontrolliert wird und daher Unsummen Steuergeld ausgebe. Die leitenden Beamten fliegen unzählige Mal nach Afrika und logieren in den besten und teuersten Hotels. Alles mit dem schwer verdienten Geld der Steuerzahler. Sie lassen sich auch mit dem Hubschrauber der UN von Lusaka aus in die umliegenden Länder fliegen. Ohne zu bezahlen, wieder auf Kosten anderer.

Im Kongo haben im dortigen Stützpunkt der UN zwei leitende Beamte mit ihren Freundinnen einige Wochen aufgehalten, selbstverständlich ohne auch nur die geringste Bezahlung zu leisten.

Aber als dieser Stützpunkt von Aufständischen angegriffen wurde, haben sie zugesehen, wie der UN-Beamte ermordet wurde, ohne dass sie versucht hätten, dem Beamten zu helfen.

Als Rechtfertigung ihrer verschwenderischen Reisen behaupten sie, alles sei notwendig um „Waffenlieferungen" nach Afrika zu verhindern und

greifen daher den bekannten Konzern ETA an. Mit dubiosen und gefälschten Fotos und Berichten, der diese Behauptungen beweisen soll. ETA, ein Konzern, der für seine korrekte und seriöse Art bekannt ist und dafür auch schon zahllose staatliche Auszeichnungen erhalten hat.

Die Staatsanwaltschaft sollte diese Abteilung unter der Leitung von Hendrik Peterson einmal überprüfen und schleunigst auflösen.

Zeitgleich erschien ein Artikel auf der ersten Seite einer unabhängigen Zeitung mit Fotos, die zeigen, wie aus einem ETA- Frachtflugzeug Waffen ausgeladen wurden. Die Kennzeichen waren klar zu erkennen und darunter die Kopien der Fotos, die von Zollbeamten in der Frachtabteilung des Flughafens gemacht wurden, die die Zollnummern der Kisten von ETA zeigen.

Die Übereinstimmung war eindeutig und zweifelsfrei zu erkennen.

Daraufhin schalteten sich der Justizminister, der Oberstaatsanwalt und schließlich auch der Europäische Gerichthof in Den Haag ein.

Das Blatt hatte sich gewendet. Die Chancen für Hendrik hatten sich verbessert.

Aber der Konzern hatte gelernt.

Die besten Anwälte des Landes zogen neben der Chef-Etage im obersten Stockwerk des ETA-Towers ein und kurze Zeit danach begann die Gegenoffensive mit der geballten Kraft des europaweit vernetzten Konzerns.

Der ETA Konzern

Die Anwälte eröffneten mit einer Klage gegen Hendrik Peterson über fünfhundert Millionen Euro wegen Geschäftsschädigung und übler Nachrede. Gefolgt von einer Strafanzeige bei der Staatsanwaltschaft wegen Urkundenfälschung.
Ebenso gegen den Staat Belgien eine Klage über zehn Milliarden Euro wegen Duldung beziehungsweise der
Anstiftung der „verbrecherischen" Tätigkeit eines leitenden Staatsbeamten und Beauftragung einer Spezial Abteilung im Staatsdienst, deren Aufgabe es war, den Konzern ETA einer Straftat zu bezichtigen und dadurch den guten Ruf, die internationale Reputation zu zerstören. Die daraus entstehenden und noch in der Zukunft zu erwartenden wirtschaftlichen Schäden werden vorläufig mit der Klagsumme von mindestens zehn Milliarden Euro beziffert, wobei eine Erhöhung auf ein Vielfaches zu erwarten ist.
Den Anzeigen wurde ein Gutachten eines international renommierten Sachverständigen beigelegt, der die offensichtliche Fälschung der „Beweise" die von der Gruppe Hendriks vorgelegt wurden, bestätigte.

Die erste Reaktion des Polizeipräsidenten war die Auflösung der Sonderabteilung und Kündigung aller Mitarbeiter.

Das zuständige Straflandes Gericht eröffnete die erste Tagsatzung gegen Hendrik wies aber die Strafanzeige ab.

Aber die Klage über fünfhundert Millionen wurde von einem anderen Gericht, dem dafür zuständigen Handelsgericht eröffnet.

Die Kosten der ersten Tagsatzung wurden vom Gericht, infolge der hohen Klagsumme auf hunderttausend Euro festgelegt. Zahlbar je zur Hälfte von den beiden Streitparteien.

Hendriks Anwalt beantragte die Aussetzung der Zahlung bis zur Urteilsverkündung, da dieser Betrag und die noch zu erwartenden Kosten für seinen Mandanten nicht aufzubringen seien. Und es sei offensichtlich, dass ETA versuche, durch das Ungleichgewicht der finanziellen Möglichkeiten den Prozess für sich zu entscheiden. Ein gerechtes Urteil und die Wahrheitsfindung soll dadurch unmöglich gemacht werden, das sei ein Versuch der Manipulation des Gerichtes und der Gerechtigkeit.

Das Gericht gab dem Antrag statt. Ein erster Erfolg.

Als nächstes beantragte Hendriks Anwalt die Beiziehung eines neuen Sachverständigen.

Und der legte Unterlagen vor, die die wirtschaftliche Abhängigkeit des ersten Sachverständigen vom ETA Konzern bewiesen.

Und das Gericht gab auch diesem Antrag statt und bestellte einen als sehr seriös bekannten Sachverständigen aus der Schweiz.

Nun war die Zeit für die Anwälte von ETA gekommen.

Sie beantragten vertagen des Prozesses auf unbestimmte Zeit.

Es folgten intensive Gespräche mit dem Justizminister und dem Kanzler.

Das Ergebnis war vorhersehbar.

Eigentlich war es für alle nicht von Vorteil, die Prozesse weiter zu führen. Auch für ETA waren die Chancen auf Grund der letzten Prozessentwicklung nicht mehr sehr gut. Ihre Anwälte schlugen einen Vergleich vor.

Und der wurde auch getroffen.

Der Justizminister erklärte, dass alle Anschuldigungen gegen ETA auf Grund der unklaren Rechtslage fallen gelassen werden. Die typische Formulierung eines Politikers. Es wurden keine Eingeständnisse eigener Fehler, aber auch keine Anschuldigungen gegen ETA erhoben. Ob ETA nun Waffen an kriegsführende Länder geliefert hat oder nicht, blieb offen, wurde überhaupt nicht erwähnt.

Dafür stellte ETA alle Prozesse ein, auch den gegen Hendrik, der noch sehr unangenehm werde könnte.

Aber Hendrik war nicht einverstanden. Er wollte den Prozess weiter führen, denn er hatte sein Leben eingesetzt um die Waffenlieferungen zu stoppen und ETA zur Verantwortung zu ziehen. Er besprach sich mit Olaf und Aglaya. Olaf wollte keinen weiteren Kampf, er wollte nur Ruhe und Aglaya gestand, dass sie ein Baby erwarte.

Olaf meinte, es sei nun wohl an der Zeit, an Aglaya zu denken und sie endlich zu heiraten.

Die Hochzeit wurde im kleinen Rahmen gefeiert, aber alle ehemaligen Mitarbeiter von Henrys Team kamen.

Das war das letzte Mal, dass man Henry und Aglaya sah. Sie verschwanden spurlos und ihr weiteres Schicksal war rätselhaft. Manche vermuteten, dass sie in Afrika leben, andere waren sicher, dass ihr Verschwinden etwas mit ETA zu tun habe.